垂直的喀布尔

徐北 / 著

百花洲文艺出版社
BAIHUAZHOU LITERATURE AND ART PRESS

图书在版编目（CIP）数据

垂直的喀布尔 / 徐北著 . -- 南昌 : 百花洲文艺出版社 , 2024.5
ISBN 978-7-5500-5193-5

Ⅰ . ①垂… Ⅱ . ①徐… Ⅲ . ①诗集—中国—当代
Ⅳ . ① I227

中国国家版本馆 CIP 数据核字 (2023) 第 112673 号

垂直的喀布尔
CHUIZHI DE KABUER

徐北　著

责任编辑	许　复
特邀编辑	王　昊
书籍设计	汇文书联
制　作	汇文书联
出版发行	百花洲文艺出版社
社　址	南昌市红谷滩区世贸路 898 号博能中心一期 A 座 20 楼
邮　编	330038
经　销	全国新华书店
印　刷	武汉鑫佳捷印务有限公司
开　本	720mm×1000mm　1/32　印张　9.25
版　次	2024 年 5 月第 1 版第 1 次印刷
字　数	170 千字
书　号	ISBN 978-7-5500-5193-5
定　价	88.00 元

赣版版登字　05-2023-138

网址　http://www.bhzwy.com
图书若有印装错误，影响阅读，可向承印厂联系调换。

目录

目录

目录

目录

目
录

目
录

玫瑰圆舞曲

第一首　邂逅

陌生男人和陌生女人，
存在的可能是悲悼的形式，
可能是赞颂的形式，
已经习惯了的。
这种习惯，晦涩，充满暗喻。
一个男人和一个女人单单可以理解的习惯。
肩膀，脖颈，五官以及身躯，
出身与受到的教育，
随着他转过身，委婉地，
离开了她。
随着他转过身，
那是悲伤。
回首、点头与回答。

一节移动的车厢，白色浓烟滚滚冒出，
在这节车厢里相遇，

睡梦中已经有一个人坐在了那里。

在周围的田野，

在事情发生之后会有清晰的解释。

车厢的那头。相遇，陌生。

总得用眼睛观看的环境，

诡秘的眼神在小心地窥探。

坐垫下的沙发，黑色的围巾，

领带，以及一只手中抱着的一本书，

和一只半裸的手臂。

那个你将要发出的清晰的词语，

变得缓慢而且哽咽，

而死亡会洞穿一切；

不要企图用清晰的语言表达，

在灰色的气氛里，

在这里移动的身体和外面的电线杆，

一只鸟刚刚从窗口跌落，

企图用这一切来打破僵硬的气氛。

你知道她会想些什么，

她眼睛看到的地方无法用语言描述。

你不安地看着那里，

慢慢地移动。

火车冒出的烟在身后被风吹走，

在幻觉中看到对面的这个和善的男人

在那里躺着，

假装紧闭了的双眼

又出现在眼前的这个活体身上。

眼前这个男人，可以用一把剪刀代替肉身，

停止了喘息，

轻轻地降落，停止，窒息。

他知道那是一本晦涩难懂的乐谱，

而且是用法语谱写的。

他刚刚从一个模糊的梦中醒来，

他还不习惯。

"这本书很有意思吗？你懂的语言可真多啊。"

"这里面的曲子很美。"这是她的回答，

她不能用沉默代替回应。

这将是一个突破，一个机会。

而面对她，一个悲伤，

他惶惶怔对的对象。

听她的歌唱不会有任何收获，

是对她的声音无法保存的一种沉默，

是争取不到的一个紧要时刻。

它本身只是一种存在，

一种乌鸦的存在与一个女人的关系。

在某一个空虚而寂静的时刻即将袭来的不适感。

"落在电线杆上的乌鸦可真多啊。"

一个季节应该懂得，一个角落里的声音，
由一个厚玻璃隔离的角落，
不断制造尴尬的沙发坐垫
发出的声音在白昼不断增大，
然后传出玻璃，又传回到坐垫的底下，
一个火热温度存在的缝隙里面。
然后是颤动的声音，梦想。
歌唱的声音，
在充满誓言与理解的嬉戏中落下，
预示着一次逼人的喷发。
危险的夏季就在眼前，冬天潜伏着。
最邪恶的走廊也阻挡不了夏季。
两个身体的重量，
像永久漂浮的鸡蛋，和一堆牛排，
像海水脱离了的地面。
在一只蜜蜂的翅膀底下飞行，掠过，
像天花板上的那对母子，依偎着光环。
彼此又脱离怀抱。
危险的夏季就在眼前。
再一次充满丰富的想象，
夏季的夜晚像白昼耀眼的光芒，
穿破天空灰色的云朵。
花卉的温柔在上面，
树木的虔诚在上面。

不仅是道路，

不仅是天边的雪山。

一种清晰的湿润的气息，

随黄昏而来，带着倦懒与睡意，

还有那条河里面星星的预感。

"也许我们可以去讨论梦里的情景。"

"也许有一个人会大口地吞噬他自己的头发。"

"也许会有更多的人死于非命。"

"我们都不清楚这点。"

"那么，就随他去吧。"

第二首　或寻找优势的夜晚

就在昨天晚上，十月的十号，

我梦见了我的国王——

我的父亲像一堵墙一样站在我的影子前面。

他强壮有力，那是他的身躯，

紧张的肌肉像牙齿咬过一样。

他手里还握着一颗牙齿。

他告诉我他决不允许，

我走上那一条有飓风的道路。

眼前是黑色和灰色的背景，

没有一个明显的主题，

他说，不要走上一条十字的道路，

选择哪条路都要使你背负光的重压。

在这个有意安排的夜晚，

你，你自己知道，

月光下面柔软的或僵硬的物质倾覆在上面。

你不曾期望月光会照亮一切，

有时向上升腾，有时向下降落，

有如传播声音的媒介，

陷入树木与泥土的圈套。

那倾覆的物质像睡着了一般，

没有任何准备与安排，

像两个媾和的肉身，

将一些昏热的情感注入眼神，注入脑海。

在一个有湖的旅馆，

你怀抱一个女人，

血管已经鼓胀得厉害，手指又在使劲地挠。

也许已经太过放纵，

泪水已经流满脸颊。

而你们，

既不会哭也不会叫，

却显露出来一种隐秘的微笑。

这两个狂热的人，

有别于陌生男人和陌生女人，

因为他们见过面。

而没有用声音来纪念的人，

他们只是保持自己死身的本分，

他们没有破碎石头代表的纪念品。

这种隔着玻璃的脆弱的关系，

只属于一个共同的悲伤成分。

因为在同样的时刻，

他们拥有倾覆物质的纪念品。

一片枫树叶，

一只裸露的手臂，

一片枫树叶打在她的臂上。

她似乎知道，

也许不应该把自己暴露出来，

在那间地势高的屋子里，

不应睡觉，花太多时间睡觉。

她害怕会忽然跌入黑暗，一个什么也没有的境地。

一只黑猫蹲在阳台上，

静静地，

而一棵冷杉，枝条簌簌地在晃动。

第三首 一些信仰和体验

沉重的预言像一座石碑刻入骨头里。
用枝条抽打
来宣告痛苦和毁灭的诞生。
当呼喊再次从空中响起，
是否把一个个空虚的躯体激活？
那附属于肉体的意志，
许多星星望着它。
天空可以见证它的复苏？
在这样一个打破了寂静和喧闹的境地，
比更高云层更糟糕的气氛，
像长脚大象的步履不稳定。
黄色的金属杯子，
一座三角尖塔和一堆石头砌成的塔，
高高耸立在大象的背上，耸立在云层里面；
一匹邪恶的马，
咧开了它宽大的嘴。
一座有窗户的小宫殿悬浮起来了。
从杯子中出来的实体，
没有经过别的程序，
就展现出来灵与肉。

一个小小角落里的阻挡之物，

是否可以改变或者拖延？

每个独立的身体，不可琢磨的大脑，

真正存在过，

不像是来到这里只为了发出一声长长的叹息。

你漠不关心，或者去忍受

实在空洞的声音。

我们不希望自己变得贫乏，

我们未觉察到永恒与不朽，

在死亡之后慢慢体验到生活的本质。

在这里，我们不想失去平衡。

不论希望还是绝望，

我们将保持一种放松的态度。

我们将循着某种可能，

面对一些未发生的某种现象，继续生活下去。

在宇宙中，在黑暗的宇宙中

生存的灵魂，

早已把身份撕开，那分一为二的双重体。

这伟大的存在，

在一阵秘密的爆炸中，

随着对植物的敏感，

与一株黑百合心灵感应。

它在意念之中渴望怀抱泥土。

那些无生命的，

让我们拥有充分的证据，

掌握一朵鲜花所拥有的情欲。

在它枯凋的时期，

花瓣中每张可怕的脸，

消逝。

在此可以回忆的，

是过去的每个暗流的经验。

第四首　儿童的内心

我睁大眼睛注视着

现在的身体和以前的身体，

从水里出来的身体，

湿漉了的全身。

没有新的体验重新开始，

新的体验将从现在开始，

成熟的心思不会怀疑，

在湿漉漉之身周围存在各种火焰和光明，

陷阱与洞穴，坚硬的石头与复杂的机器。

在自由之身出现之后的视域里，

从认知的一切还有那语言，

带来的一切向水流的方向凝缩。

而这里的形体逐渐发生着变化。

这里呼吸的空气与熟悉的混杂气氛：

一只动物总是无法免于暴露于旷野，

去自由行走。

小心地行走的动物，

以及跟在它们身后的死亡游戏。

小心地不要弄坏身子，

然后放纵地奔跑，

不会带走远处和任何一处树木的魂灵。

那些未被理解的草、虫子，

我们在那儿见到过的一切，

也看出了自身的弱点，

其中有花朵的绽放。

这种气氛让一些人迷恋。

现在，面对它，

虽然不能时时刻刻怀想，

然而当我们在仰望天空，

或过度依赖于父母、兄弟姐妹的时候，

不能忘记

一个可怜小虫的降临。

可怜小虫活跃于睡眠之外，

它哭泣并且大声地叫喊

"我不愿现在入睡，

我还未疲倦，
我还要再看看
有很多动物居住的城市的模样。"

一个家庭的内部生活将全部显现，
即使点亮所有的灯，
即使我们脱光了所有的衣服，
黑暗和玩具也会紧紧依靠我们。
那个时候被一只鸟介绍来到这里的女孩，
只因她的外形
在一位老人的一个手势之中出现，
而融入了这个家庭。
在这个家庭里
她害怕一些虫子会在夜间爬上她的床。

一个被冬天封住了的嗓音，
它的心不像越冬的候鸟那样勇于飞翔。
它只想着要去它的小屋顶。
温暖而黑暗的小屋，
它强烈地想要去他的小屋，
希望伟大母亲会跟在身后。

第五首　记忆的水塘

我只是期望那里有我希望看见的大海，
而不是观看每个人可悲的面孔。
发生在每个人身上可悲的人生，
像一朵迅速消散的云朵。
我在真实中爬上真实的窗台，
看着外面开花的梧桐，
望得出神。
天边的云，
我不知道是不是结束的象征，
我去往田野，走进绿得发黑的麦田。
地狱和天堂在夜晚同时出现。
天堂在上面，还是在下面？
地狱是否还是一片废弃的景象？
那不是确切的天空，
凭感觉我说不出它干燥、潮湿，还是晴朗。
身在此地，梦境的山峰里，
在一次奔跑的过程中或许能看见地狱。
然而奔跑还是没有发生，
梦想中天堂持续的理性也没有发生。

她仿佛已经看见了海。

可怕的蓝，蓝得可怕的大海，

水面浩瀚。

她希望看到的大海

蕴藏着可怕的蓝色的力量，

像血液的流动，没有痕迹和奔腾的响声。

那种静谧，

不像是一块草坪。

一块草坪只不过是一个痛苦之地而已，

每秒钟都走向腐朽。

那座即将步入毁灭的城市，

没有多少光明了，

却也没有完全暗下来。

一些活泼的人走了出来，

在各个街道和建筑的廊口出现。

他们不曾挪过一步，在那里

反抗，一些致命的骨牌。

一位占卜者，一个女人，

被一种危险的光荣照亮了。

黑色披肩不是为了遮盖一座雕塑的下半身。

我不知道我是否也身在其中，

是否会被一座冰冷狭长的石头柱子镇住。

这座城市的毁灭已注定。

庞贝的灰尘，

使她喘不过气来。

几千几万的人就要被淹没。

她痛苦地感到窒息，

只能小声地哭泣，

在一片沉痛中用忧郁的蓝色的眼睛

再一次看着那里的天空、房屋，

和街道上破碎的地砖。

她站在窗口，

梦想的池塘，颜色已经变了，

她自己也想不到会是什么样的色彩。

模糊中，忽然被一个男人追赶，在岸边。

他手里拿了一根拐杖，

举起来就要往她身上打。

她拼命地跑着……

泪水淹没了整个房间，

在即将登上的那个楼梯，门已经被锁死。

那个男人蹲在走廊上流着泪。

她告诉她的医生，

这不是她所遭受过的最压抑的状况。不是。

第六首　预示的希望

残留的面孔，仍然保持着某种神秘的表情，
神情僵硬木然，
那留下的不是部分，而是所有。
荒废的庭院之上，
月亮一直悬挂在天空。
你看到的不会是黑色的月亮，
不会炽热无比，不会照耀得更深远。
大概你已经很清楚，
可以肯定那里有既陌生又熟悉的东西，
不是那张面孔所张望的，不在旷野里。
对那些早已熟悉的，有时会变得陌生，
在某个时候，一个人离开又返回来，
醒着或睡着，
孤独地坐在石头上或离开石头上，
你知道，你记得的情况，
就是这样的了。
当一双眼睛永久地望着一个地方，
那地方，只有一种方向，
你眼睛看的方向，
而不是一个确定的地点。

你看到的仿佛只是光留下的模糊影子。

在那里，

你希望看到某种被称为死亡的本质的东西。

那里一片死寂，没有别的声响发出，

可是又不是被毁灭的样子，

难道是无用的东西，像一具沉重而垂死的肉身？

是因为长久溺水而变得沉重的肉身，

还是死亡之土的粉末？

我们来到了这里，

并生活在这里。

可是我们，

该怎样或以恐惧，或以绝望来生活啊。

被引导着走进旷野里的人

静静地坐着，在黑暗中，

直到有光发现了他，照耀着他。

在一株无花果树上找不到什么

它的枝干的预感，叶子的哀伤。

诅咒无花果树吧，

从今以后，你永不结果子，

即便诅咒致死，

它仍摆脱不了此地的消亡和与之并存的孕育的变换。

即便这样，仍满怀希望，

意识到不以任何物体为有形的躯体，

痛苦地挣扎半个世纪、一个世纪，
或许更久……

你不该走出这间屋子，
你没有必要走出这间屋子。
你就坐在桌旁倾听吧。
甚至倾听也没有必要，
仅仅等待就行了。
甚至等待也没有必要，
保持完全的安静就好了。

一个因毁坏而不破碎的世界，
它的出现是允许的。
因为你还不曾了解，
在火的黑暗位置燃烧的，
是希望也是绝望。
你不会惧怕在任何地方死亡，
即使被淹死，死在巨大的能量之中。
带着假意的羞愧，你无处可走。
也许明天你将会开走一辆收割机，
准备跨过一片田野，
去一个辉煌的城市的边缘，
去看你自己的未来。
可是你不愿意等到明天就已经走远了。

第七首　无根之人

我们有权利选择，

在选择之前或之后不能问愚蠢的问题。

一张痛苦的脸是否存在？

一个宽恕的声音是否在天空出现？

无论你在哪，这声音包围着你，

在你的梦中包围你。

维持生命的时间匆忙，

我们只给一只鸟儿取了名字：

洛普洛普。

三个证人曾经看见一只异形鸟儿飞翔，

躲在太阳的后面，没有人看见，一下子就飞远了；

而后你看见一个女孩，

从一棵松树后面走出来，

来到你的跟前。

她介绍她的名字：

是洛普洛普介绍我来的，

你的妹妹，

请你关心一只刚出生几个月的小鸟，

它会用这里所讲的语言感激你，

在一扇空荡的窗前停歇。

只有我们的眼睛产生幻象？

随着野牛群的消失，

消失在一个山洞里，跌进去，

又疯跑着摔下了山崖。

我们用洁净的眼，

而不是用黑色或是蓝色的眼，

凝视着前面和后面的世界。

假如不是一堵冰冷的墙阻挡了视线，

我们还可以看得更深更远。

使我们惊讶的是，这是死亡之眼。

死亡之眼看见的世界，

还不曾变得僵硬，

这双美好眼睛的眺望，

一朵花有节制地开放和凋谢。

从这里凝望，

不是停留在充实的空旷处，

不是在那静静沉思的慈祥的一头牛的身上。

它睁大了眼睛眺望，

从另一个方向凝望，

与一张硕大的面孔相对。

从眼睛后面窥视着，

那头被充实的奶牛，在它脑海中思考。

那是沉思的结果，

瞳孔扩张，深邃而不惊慌，

只存在于一种无尽的犹豫之中。

这些是动物身上的意识
不是我们的意识，
它们也不像我们的灵魂
感知到从头部飞出来的痛苦。
多半是因为痛苦而发生的扭曲，
分娩的时候，
子宫膨胀，
感到发热、躁动，
呼吸同样浑浊的空气，
因呼吸而膨胀的头部，
是一头牛的面孔。
因诞生而延误了的回忆，
因死亡沉静的结果而延误的回忆，
因另一种巨大或渺小的面孔而延误的回忆，
却比一些注视更值得愉悦。

我们慢慢地走动，
靠近一些树，
一些无根之树，
可是长满了叶子。
叶子与云朵靠得很近，
似乎是因为靠得太近而相互抱怨。

在很久以前你就应该死去，
或者离开这里到更远的地方去。
树干是湿的，深褐色的树干
流着黑色液体，
在它的根里，它的下面，
泥土吸附着的地方，也许会有一具尸体被发现。
被掩埋的是一具真正活人死去的尸体，
僵硬而又冰冷。
它不该被发现，不该被挖掘出来，
然而树一直在摇晃，
风在摇晃，
所以你得斗争，开始斗争，又结束斗争。
不要因为一个饥渴的愿望和诱惑，
爬到一棵丰满的树的树荫底下，
满足身体所需要的水分，
和营养。
而与一个和你不相干的女人纠缠，
在床上，在法庭，
从来不会在花前月下结束斗争。
这种斗争的结果，
在预示的灾难之日，
流血的是我们自己，
于是又返回到空旷的地方眺望
一个无边无际的尽头。

曾经被理解的而现在不被理解，
关于它的境况，它所承受的重量，
在那儿看见的一切。
松树也有一双带角的眼睛，
那里生长出来的眼睛，
隐藏在枝叶后面的"真实物"，
仰望天空，俯瞰冒烟的土地。
它所占据的地方，在那里，
与乌云靠在一起。
它不张望。
上天的一滴眼泪在出现时便破裂了，
震碎了它的红色角膜；
它身上的荆棘王冠，
油脂和血滴，
从来不祈求拯救……
你会因鲜血涉足一片罪恶的荒漠，
寒冷的冬季封住了你的咽喉，
只剩一具抽动的肉体，
有着三个窒息的咽喉。

第八首　肉身的沉重

惊恐地听着沉闷的胸膛

有节奏的咚咚声。

这心脏部位奇异、陌生而纯粹。

在一个柔软密闭有呼吸声的囚笼里，

使它沉落，

使它能听，能看，能感知，

既害怕又惊恐。

色彩和声音模糊，残存的色彩

因一次指甲的闪光而不再有所作为。

也不能随一朵云的升腾而攀升得更高。

一朵云的行程并不显示去往天堂的路径。

两只伸长的手臂已脱离开，

渐渐离得很远。

一只坠入地下，一只升向天空，消失了。

永远不再出现的手臂，

它们之间不是凝望的中心。

围绕泥土的粉末形成的，

繁花盛开的乐园，

重新拥有的果树，

畏缩着两张庞大皮肤的虚伪，

肉身的虚伪。

只有那果实知道，还没有成熟

就已经被咬掉了一口。

成熟后被消灭，

降生在这树底下的绿叶
知道痛苦的脸，和出现的微笑
会怎样再度媾和。

在红眼雀斑与紫花地丁之间，
在火焰与天空之间。
火焰，毁灭与救赎的火焰，
未扑灭的火，像雨一样
从天而落，
燃烧了舌头；
天空包容一切，
保存完好；
在共同构筑的空间里保存的两张脸，
彼此颤抖得厉害；
开始建造的墙、房屋和栅栏，
与一栋房屋不会再分开，
顺着房屋攀缘而下，
与墙合二为一的身体
有时感到愉快，有时感到恐怖。
一个季节终结，
玫瑰再次凋落，
死土蕴含的力量不再维持你的季节，
隔离着松林、湖泊，
幽暗的花香、飘荡，

掩盖一切。犹豫天空的颜色，
季节的更替是你临死前的衰微，
它会因一只鸟的飞翔引起骚乱。
你不知道它飞往巢穴还是别的地方，
可以隐藏得更好。
一只甲虫，一头受重伤的熊，
你自己流血的手指，
燃烧的石板，
这一切因你眼睛的需要得不到缓解。
致命的诱惑，眼里的幽光，
不再维持正常的呼吸。
镶着肉眼的躯体像腐烂树木的根，
一些千年杉木腐烂的根。
因这腐烂的根，
你什么也抓不住，
你什么也不能抓住，
这眼睛和耳朵接触的颜色和声音，
和因叫喊而生长起来的荆棘。

那是另一个现实，
没有低估滴血的残肢的存在。
残破的肢体在空旷的云层上升。
在那里，
它像一个沉重的棒槌。

压迫与被压迫，

不让一颗湿淋淋的头颅

变得犹如羽毛般洁净和轻浮。

梦里的现实，

肉身担负着与时间的抗争。

过去与未来，

那未来不存在极限，

它变得沉重而无法摆脱，

是这沉重肉身的载体。

已经变化得不再变化。

即便这里存在的肉身和其中的软骨头

明天就要腐烂，

毁灭，

这被赋予肉和骨头的身躯，

仍像跳着跑进来的微笑的面孔。

继续腐烂，充满了水分，

充满了血。

我被赋予了身体，我当何所为？

面对这唯一属于我的身体，

为了已有的呼吸和生活的

宁静欢乐，我该向谁表达感激？

我是园丁，也是一朵花，

在世界的牢狱中我并不孤单。

窗玻璃上，留下了永恒的
我的气息，以及我体内的热能。
那上面留下一道花纹，
在它变得模糊不清以前。
但愿从凝聚中流逝的瞬间，
不会抹去心爱的花纹。

这些事物总还记得，
黄色的，红色的，
感到沉重的肉身，
一个人的存在只在这个盒子里。
肉体在外面搁浅，
成为粉末，化为虚无，
轻轻飘过，
置身于空旷的黑水沼泽，
总是沉没其中。
用牙齿咬，
变形而扭曲的颈椎。
迷恋地行走吧，一路行走。
从猩红的腰部驾驶一艘小艇，
在那苍茫水域你不会有新的目标，
因一个神圣的目的而经受考验。
牙齿，长长的象牙杯，
怪物的壳，

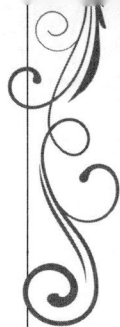

腥腻的手指像肠子一样流着绿色液体，

蜘蛛网和触角的烦躁，

绿色的眼

隐藏在有荆棘斑纹的尾巴后面。

你将看到诱惑，在这里，

你一路前行吧，

或者更愿意让这一切燃烧。

在那岸边的一具躯体，

未被我们发现的秘密。

在那置于腰部拉开的抽屉，

里面没有什么东西，

但它抗拒着，

你所不知道的危险和能量，

仅仅靠一些皮肉支撑，

你永远不会到达那地点和空间。

一些人，他们没有生活在这里。

一把钥匙上藏匿着房间里的秘密。

他们躺在地上，

在一个个树立石碑的墓地里只露出一双脚掌。

阿纳斯塔修斯的脚朝向山峰，

身体倾斜着向下倒转；

贴在地面上的东西，

他们从没有叫喊过；

有一些人像散布尘埃的疯子，

被一阵阵火雨敲打着头，
从脚底感受灼热的沙粒，
正如一条沸腾的河。
一条河谷爬满恶臭的蛆，
受罪的手臂和胫骨在里面挣扎，
沉没又浮起了晕眩而沉重的头——
代表了他们脑子里的一切，
心脏里的一切，
努力啃咬着肩膀，
咬着骨头。

从不会在任何地方，
一位女性的祈祷会显得无用。
坐在它对面的是她自己的身体，
有时候沉浸在梦里，
沉睡而逃离，
逃离母亲的世界？
父亲的世界？

第九首　沉重的灵魂

一些路无法攀登，
在某些时刻，就像夜晚的路。

在夜间你不能行走，

你无法攀登，

因为没有光从天空照耀。

在进入一片幽暗的森林之前，

你要趁着有光的时候走。

黑夜快来了，

那时，你将在黑暗里。

一些虚无缥缈的形态，

有的像金属，

你将不知道何去何从。

所以，请你快走吧，

快些走你的路吧，

趁现在还未进入幽暗的山谷，

一些野兽还未躲藏在路边的树丛。

冬天来得很晚，

而且不是很寒冷，也没有下起大雪。

在那个天气阴郁的早晨，

一只蚂蚁绕着枯干的竹叶爬行了三圈；

一个老人装满了他的烟斗，

已经抓不住烟斗的手颤抖着，

他的嗅觉最近迟钝了许多，

耳朵也有点背，

听着自己的心跳，

他几乎什么也不知道，

却要面对一个永恒。

用这个老人的脸，面对寒荒的记忆。

在生前和死后的世界，维持着，却不知哪一个会更

加持久。

痴痴凝望着的某个中心

难道只有一个人的声音在旷野，

还是因为我们无知？

他是否为我们祈祷宽恕这一切？

没有一滴泪降落在我们身上，

而许多人围成一个圈子，

两根横木上流淌着血迹，

在泪水中破碎的石头，

离开了我们抽动的身体的形，

它的预感停止于一块石头上。

在旷野，你将感到

　　你的呼喊无用

　　你的沉默无用

　　你的愤怒无用

　　你的疲倦无用

　　你的疼痛无用

　　…………

第十首　一次航行

她将活在番尔脱洛与番尔脱洛之间。

既没有失忆的本性，

也不存在天生的觉醒，

当第一滴血流出来比蜜还甜的时候，

那里的天空和草原上是死牛的身躯。

在一些银针的针孔里，

烟不断地冒出，如一个死人的手，

弯曲了但不隔离在两个层面；

死牛绕过了旋转的地，

从这边走向那边，

没有什么能阻止它。

凡是死牛走过的地方，

死牛都会问到：

——这是什么地方？

——我们身在何处？

——这下面是什么掩埋着？

——假如它们暴露出来，除了骨头还会是骨头吗？

——这上面是垒起的石头城，三角形的城墙？

——返回到白天，光芒会搁置在这流血的领地吗？

鲜花，鲜花，

一朵大得不自然的鲜花，

充满了整个房间，

鲜花，鲜花。

从那个房间出来，

走出来并不是为了呼喊，尖叫着呼喊。

在一个房间你不能长久地待着，

你得走出来，即使爬上一座危险的楼梯。

对着沉闷的脚步声疑惑，

预感到一片黑帆经过，

而对那个飘荡的沉重的帆你将会感到

一些轻松，在你不再走过的地方。

那黑色的帆，

航行在海上，

黑色的海，黑色的海岸，

黑色的水渊。

黑色的帆，载满一切。

暴风雨就在眼前，

在一片黑色的云里，

在一阵风中，

在一只海鸥的惊叫中。

压抑着。

已经从那里走了出来。

玫瑰圆舞曲

一颗黑得发亮的海洋之心，

为了忘却的黑色的帆，

在深渊中沉落下去。

在一个季节，寒冷的季节，

把它扔向那寒冷的海域。

即使在那里，那个已存在了十年二十年的房间，

透过发亮的窗可以看到天边的晚霞，

用鲜红的颜色铺满整个屋顶，

整条街，

和一位产妇的脸上。

还可以去注视云彩，注视太阳，

注视那些忘不了的星星，

并不是因为光的形象，在星空闪烁。

已经来到了这里。

沉没者的命运从来没有被压迫过。

无论哪一个季节都不使我们吃惊，

这是常有的事情，习惯了的规律：

冷得发抖，太热了又受不了，

已经从身体内部习惯了的；

冬天读一本书，

大半个夜晚躺着，靠在壁炉上。

尼穆船长，他早就在那儿，

在一座神秘的孤岛上

玫瑰圆舞曲

写他的航海日志，写他的生存日记，
随着爆炸逼近。
一只船在浓雾中又迷失了它的方向，
矗立的灯塔在十世纪就已经没有再亮过，
渐渐褪去的是赞美的风景，
和一个千年之中无法平息的海浪。

我们只在每个星期天
去看橄榄球比赛，
在看橄榄球赛中享受着生活的乐趣。
这就是我们活着的悲剧，
无论你怎样保持身体的温暖，
或者在阳光下继续前进，
这就是悲剧的起源。
然而节日总是有的，
又总是休息。

后来，走进一个风沙吹过的地方。
一座城堡的脚在瓦解，
失掉了灵魂，像一具死棺材。
教堂的后面是坟墓，固定在那里的
是她的丈夫还是她的父亲？
还是留着胡须、腰上藏着刀的儿子？
一些高贵的礼物可曾温暖过她的心？

风沙吹过的地方，

有一座房屋，在那儿

倾覆过某种意象的坚实的耸立之物，

不是象征着某种紧张。

在那里，

怀着它的希望，像风一样招摇，

而带给我们的希望，

在等待，也许可以等待一次，

在移动的山丘之上，

在天边，在其他移动的人物身上。

一只腐烂的信天翁也可以等待，

一阵黑色波浪，

一个黑暗的湖。

第十一首　儿子的梦

我从那个地方逃了出来，

走下来的路不是盲目的和充斥着各种阴影的，

我们不再观察任何地方。

那里，男人的战场，

我不知道自己为何陷入了这样的一场战斗中。

陷入战斗，两种敌对的声音

整个世界也没有因此而黑暗下来。

这些男人的战斗，

因为受苦，关于黑暗和昏睡，

应该朝对方的哪个人瞄准，开枪，

欢呼着把谁埋葬在这里。

坚持一阵之后，

不知道有多少人已经牺牲了，

也许并没有人死去，

只是一阵恐慌，

害怕自己在这样的一个环境中死去，

子弹穿透心脏，

流血的恐惧，

我便从那里逃了出来。

可是后面那些拿着枪的男人追着我。

我害怕被他们追上。

于是，我一直逃到了一条河边。

河边的情况也不是我所想的那样，

这里，

也是一群男人，

六七个男人中有一个老头，

他们站在河边的扶手栏杆旁边。

我跑到这里的时候

这些人赤裸着身体。

对他们的裸露我并不感到好奇。

玫瑰圆舞曲

他们脱光了衣服

准备向河里跳，

脚被绳子绑住，

绳子的另一头系在一块沉重的石头上。

我跑到这些人群里面，

在没有空虚和被回忆追赶的力爪紧紧抓住的时刻

像一个死去的灵魂向往飞翔的力量。

我脱光了衣服，

用绳子绑住了自己的脚，

绳子的那头系在石头上，

和所有这里的人一样。

那群拿着枪追赶我的男人，

在此刻已经消失不见了，不存在了。

这里的男人，站在河边，

他们毫不犹豫地就往下跳，

纵身跳进了深深的河水里，

只有一连几声沉闷的"咚！咚！"

落水声响。

最后一个跳进去的是我。

然后是下沉的过程，

在沉入河底之前，

一阵从未有过的快感，

原始的快感，

涌遍全身，每一根头发的根基。

玫瑰圆舞曲

最后我全身湿透了，

我想，这很糟糕了。

在沉入河底时，

我开始害怕，感到羞愧，窒息，

开始感到窒息的威胁，

这种窒息比死亡来得还要寂静。

已经不能呼吸了，

一阵阵惊慌侵袭着我，

就像一群恶蛆爬进了我的耳朵。

在我挣扎的时候，

猛然间，我的右手拿着两把小刀使劲地割断了绳子，

那绑在脚和石头之间的绳子。

我知道绳子断了，

我便可以自由地游泳了，

便可以朝浅岸的方向奔跑。

在河的中央有一个巨大的桥墩。

到那里我就上了岸，

发现那些男人也到了这里。

这里仿佛是另外一个世界。

起码和远离的对岸的世界不一样。

然后就是我们的尖叫。

群体的尖叫。

那些男人开始奔跑，

每个人都在街上到处跑，

然后都消失了。

我发现自己也在跑，光着身子，

没有目的，不由自主地跑，

身体摇晃得厉害。

原来，街上已经有人在大声地惊叫着，

女人发出的尖叫。

听着女人的尖叫，我跑得更慌。

我看见一个女人，

骑着一辆轻型的摩托车，

戴着头盔，

我无法看清楚她的面孔。

我朝她跑去，

向她询问一间神秘的小屋该怎么走。

来到这里，我总得有一个去处。

在这之前，我只是跑，

没有目的地跑，

直到这个女人出现。

随着一阵沉默，

她告诉我从这里向右边拐一个弯，

然后一直向前走就可以到达。

当她摘下头盔时，

我已经跑出去很远了，

我还是无法看清她的面孔，

玫瑰圆舞曲

无法把她和另一个现实中的人联系起来。

她甩着头，

一张脸就会让我心跳得厉害，

直到我跑到小屋前我还没有忘记她。

当我来到小屋并且待在里面时，

我发现自己什么也不能做，

坐在那里，空想很久，

没有结果的空想，

什么也没有用，

我想这是在耗费时间。

在这里的我，仿佛脱离了形态，

知道这一切将发生也将会在某一刻全部消失，

回到一个什么也没有的现实中去。

我这样想着，更加巨大的恐惧压迫着我。

我只能待在小屋里面，

什么也不能做。

在小屋，

我开始偷隔壁一位老人的鱼子酱，

在拉开的柜子里，

鱼子酱像米羹一样是一种白色的浆糊，

也许那是乳汁，

可是我偷了来，没有吃。

我知道只要我尝一小口，
我便会从自己的梦里醒过来。

第十二首　母亲的希望

有谁知道那位夫人，
走出去又走回来的那位夫人，
往返摆动同样的姿势，
在城市赋予野果子的道路上摇摆她的双肩，
一片桉树林将收起它的空旷；
然而并不会感到奇怪
常常是顺应一条路的习惯，
有一阵风，
去寻找她的安慰，寻找她的帮助。
面对一些临近的事物，
并不像遥远而可预见的星星，
更不是在一个更大忧伤中为精神空虚
而干枯的眼神中。
从那预感的事物中不排除死亡，
和它的威胁、压抑。
压抑着，
像她怅然若失的意志，
为第九支交响乐的结局而麻木。

只在一个被动感受的时刻，
修理着她的假发，
走过一片应当死去或者永远消逝的人群。
整个夜晚既不辉煌也不灿烂，
难道就这样在整个夜晚的时间
仰望着天空的星星？
在仰望星星的深邃中，
一些路不可靠。
或正在自我消亡。

她藏匿在一个家庭中。
并不十分安全可靠的家，
寂静，沉默，
从一扇敞开的窗户中足可看出。
一个开放的世界中，
也许留下了斜坡上的任何一棵树，
每天都可以看见它；
留下昨天的街道，
以及对于一个习惯久久难改的忠诚。
走过那边打开的窗户，
她站在那里面对大海的港湾。
开阔的深处，
有一根桅杆在倾心相许。
女神的神秘面具沉重而忧郁，

或者是大象的不牢靠的腿，
将你的手臂从空虚扔向
我们奔跑的空间。
也许在你奔跑中惊起了一群海鸟，
以更诚挚热情的翅膀扑打着天空，
就像我们专注着行走一样。
也许在尽头会有一个目的地，
从那里走出去，
开始新的生活。
也许慢慢地走，在一个偏远的地方会显得有些迷茫。
过去会有一阵风涌上胸前，
一些无意触碰的飞虫的绿色翅膀在额头。
许多云朵指望你去观看，探寻，
无论你走了多远，怎样走动。

在那里不停地走动，
无异于搜寻着一个健忘时刻的别离。
为一件死去衣服的纽扣紧咬牙齿，
不放松一件破烂玩具所拥有的全部希望。
两种水流的冲击将汇成另一条水渠，
也许有一个欢乐的天使站在那上空，
观看着。
他的声音比任何一个碰撞更富于吸引力。
所谓天使的微笑，

将变得陌生，

他们不会拥有自己的希望，

而给予人间的只在空中飘荡。

最后的欢笑在火焰中震荡，散失。

在那寂静中，

他们的喧哗凝固，

纪念碑最终将粉碎。

最后，我们终于陷入一个浑浊的空虚世界，

终于陷入一个不再发出大声尖叫的空虚。

她这颗心是一块石头，

是一块石头上的城堡，

是比利牛斯山上的一只昆虫，

幽闭着，

是最不幸土地上的隐秘的爱以及悲伤。

在那里，

她是否将度过她的一生？

用她整个身体的重量，

旋转回到她习惯的居住地，

她的寓所。

沉闷的哭泣与攀爬的脚步，

每一次都像没有生命的回响。

用她的肌肉和骨头对抗着腐烂的土地。

腐烂之地上的苦难，

比一座房屋耸立得更加久远。

一座显露在空旷处的房屋，

又是新的苦难的诞生地，

从那里辐射的撞击声和吆喝声，

是那片土地上最后存在的生气。

风沙遮住了眼睛，

而死者延续着呼吸，

那里是他们同样沉闷的寂静。

明天早上我们将动身，

去重新整理那个花园，

在午间常去的那个花园。

在那里，

她将度过她的一生。

第十三首　一位女士的肖像

也许她知道得更多，

也许她破碎得更加完美。

在墙角粉碎，

在一株蒲公英的旁边粉碎，

身体与形象的定义突出然而晦涩。

玫瑰圆舞曲

它在思索着，张望什么，

用一副黑色太阳镜阻止泪眼的赞美，哀伤；

黎明时分她将去观看一层一层的阳光，

与起伏的群山的混乱，

傍晚就坐在一个六边形的房间里微笑，

看晚钟的祷告。

当她面对一个巨大的浸染着紫罗兰色的黑山，

她转过身，建筑的身体裸露着

胸和腰部结构之间的空洞，

穿透了天空中的视线，

而转过身那只是悲伤，

永远带着泪眼而来的悲伤。

拿着梳子的手，隔着墙壁的那面镜子里的两张脸，

一把剪刀和一张高脚桌子，

多少年来不易腐烂的木头和皮肤。

你经历过一种蓝色的地狱火焰，

这从你的眼中可以看出。

一只两脚蛇从一个柱廊后面爬出，

喷着火焰。

在上天的信使中，

它是什么角色？

或许它会被一只欢叫的蓝鸟看见，

它们将要战斗，两种生物面临着一个主宰，

在一个黄色光环降临的时候就开始了战斗。

她将带领我们进入一个只有光的时域。

临近黄昏的时刻，

除了应有的空间和光之外，一切都不确定，

既不是白天也不是夜晚。

在进入那错位的空间里，

有一扇不明确的窗户敞开着，

有着黑色棱角的星星在窗口隐现，

黑色山峰的棱角。

你无法用视觉感知的音符一串串

愉快地悬挂在墙上，像一群黑色的蝌蚪；

而像弯刀一样的死体，

向着更高的楼梯攀爬。

楼梯的顶上有一只眼在窥视，

下面的一只眼孤立在一个树桩上，

树桩脱离地面上一只苍蝇的翅膀；

魔术师的长脖子绕过蜜蜂平坦的翅膀，

胡须和头的部位突出而滑稽，

在一滴眼泪一样的东西上面无法动弹。

右边的桌子像一张遮着白色帆布的手术台，

一个巨大的黑洞从上到下凌驾于这张桌子上，

没有落下光和光留下的阴暗部位；

一张柔软且满是皱褶的皮，

是否是一张垂死动物的皮？

一条死鱼被解剖在手术台上面，

鳃和一些尖细的骨头已变白，

扩张的尾鳍，

被弄弯，又被拉直；

在墙壁破裂的地方，

一条蛇探出了它寒冷的脑袋。

我们进入这里的时候

可靠事物带来了不可靠的感觉？

耳朵会被赋予什么？

眼睛会被赋予什么？

手指掉落的地方，

蚂蚁聚集，

沿着一根空铁管的锈往上爬；

那里有一个巨大的头脑，

没有更大的支撑物体，仅靠一些地面的枝梢。

那里是梦幻的境地，

两个空间里的实在之物，

一座缩小城堡里的钟表

更加沉重恍惚，不准确地发出滴答声。

而在记忆延续的地方，

不会有一只手在烧灼的部位使劲地挠。

第十四首　群鸟的飞翔

一

死亡，

像群鸟在飞翔，

一群鸟尖叫又无声地掠过森林、草原和旷野，

它们飞过一座城市，

掠过几百万人口城市的阴影，

像温柔的舌头舔着猎人的枪，

拆解着一些温暖人心的希望。

它们飞过无人的乡村和墓地。

停留在教堂尖顶上的一只黑乌鸦

从黑色的羽毛中露出了它的眼。

它们从城市上空掠过，

不被谅解。

它们飞过一个只有冬天的营地，

何处会是它们冬天里的终极地？

一直飞，全神贯注于风中并与风信子、海贝壳

一同坠入无情的海洋。

它们飞过的拐角处，

只有我们害怕那无穷无尽的飞翔吗？
除了听几声叹息，
生活在这里，
那纯粹的秘密就让我们感到快要窒息。
那群鸟，我们知道，
别让一根沉重羽毛的飘絮落入我们的肺部。

二

"我听说了。我什么都听说了。"
我知道在那里会怎样，
从肉体到泥土的过程
从植物的根茎和湿润的叶脉到泥土的过程，
也许只需一阵风吹过的时间。
不必跨越更加纯净的空间，火里的空间。
在那里只听鸟的尖叫。
在那里给任何一件事物同样的血管，
分担必要的忧愁和快乐。
我们付出了一些代价，
血肉、铁和机器、树木、玻璃和一些昏暗的早晨，
以及傍晚，
甚至寂寞的灵魂，
但对于我们，
伪装的面具，始终在那里，
不分早晨也不分夜晚。

在渴望停留的一个尽头，

它的终结永远分享着安宁的缺陷。

可是该怎样到达？

那一刻来临的时候我们不会知道得更多，

静静地张开了嘴巴，在你应该躺着的地方，

床上或是冰冷的墓地，

眼睛模糊地看着一道光，黑暗中的光。

三

我看见自己在观看

一根干枯了几百年的头发的真实形状，

一头牛的重量，

一位老人皮肤上的褐色斑点，

它们应该向我致敬；

拿着长柄镰刀的男人倒立着行走，

穿着粗重的布衣走过一个女人的脚下。

他看到的正是我现在看到的。

四

难道我们只知道这一条路径？

是沿着一群鸟呼啦啦飞过的路径？

五

一些人明白，一些人懂得珍惜。

那一半为了感情消遣的时间，

睡眠的时间，

不能真正被领悟。

只是惧怕它像候鸟一样突然死于未净化的石油中，

或者在一次暴风雨中丧失振动的力量，

而不是一些坚硬躯体的轻舞。

在那阴暗时刻，沉静的心

独自为一个混乱而永恒的时刻，

脱下她别离的衣裳，

只保留一块洁白的手帕，

和一块遮盖一只眼睛的铜币。

一个仅靠一根拐杖支撑的老人，

渴望永恒，

渴望能够从他身体中再一次流出三百加仑的血液。

新鲜的血液，沸腾的血液，

凝结一切时代的血液。

六

它存在于一块玻璃后面，

世界就在一个玻璃缸里面，

用另一种材料构成。

我身不由己，不停地坠落，

没有晕眩，没有云雾，

意识到在消失，意识到什么在浓缩。

而在一天的早晨，在乡村，

天阴沉沉的，

我们在等船，

眼前既没有你，也没有我，

也没有凶神的恶脸，

周围没有一样可以应答的东西，

而用所谓的肉体去对抗

无端端充满失魂落魄的感觉。

只在等待，

等待一种狂热，

等待一次结束的来临，

等待一个回归，

和一个未曾允诺的信号。

第十五首　玫瑰圆舞曲
——献给一位姑娘

我和你只见过一面，

希望保持永恒鲜活形象的面孔已经模糊了。

你摆满了你的架子，

靠近门后面的窗台，

移动的衣柜，梳妆台和镜子，

我将在这里发出一声艰难的呼唤。

在完全荒废的一个假期，
你垂下了眼睑，用一个下午的时间抵御着
阳光下的身躯。
告别了安慰者的心灵抚慰，
你知道下一次你用来微笑的身躯和用意，
你用你身躯的魅影暗示一朵花散发芬芳，
用一个微笑结束一个黄昏的虚境，
你用声音保持着镇静，
而以前岁月的害羞，
发出轻轻的哀怨，
像擦洗自己身体的力量；
在夜间人工制造的灯光中，
结束了对一朵花的问候。
在丰富的心灵中，
那儿没有你的友谊所需要的聆听，
你寂寞时候的心灵倾听。

我们本是善良的一对。
你倚靠在窗前的花瓶旁边，
轻柔的花刺被遗弃在风谷口，
你追忆往昔，心爱的一个山谷的风景，
旋转，摇晃，被捉弄，
风曾使它慢慢地发出了呼叫。
你离开之后那里的季节变得寂寞，

你淡淡的香水气味，

依然在窗口的玻璃瓶子里面。

你度过的时日简单而无情，

使我难以保持某种轻娴的沉默。

在你飞翔羽毛的旋涡里面，

蜷曲，害怕被丢下，

盲目的脚步急速地向着火层的中心迈进。

你的言语结冰，难以启齿，

随着连续苦闷的夜晚的休息，

随着深秋悠远的余韵被理解，

寒冬深夜的锚被冻住，

使我的脚步放慢，停住，

在每一个夜晚，在每一个季节更替。

十年、二十年的赞颂

止于你的秀发、你的双手和脸颊。

等候的奇迹也不会再出现。

我熟悉的一切，

在一整个下午的思考中，

擦干了它们的肌肤，缓慢地向另一头爬去。

第一句话，第一个主语的称呼，

你，那些黄昏里的角落，出现了。

没有时间再回转到原来的位置上。

我害怕世界会在别处进行，

不在真正意义的这里，

我保持沉默，

对这个世界保持沉默与低调，

所以，我怎能敲响隔壁那个年轻人的门，

使他渐渐熟悉一种轻便的音乐，

从而发出对猎犬和小熊的颂扬？

我曾有过哭泣的机会，

为一两个尴尬的场面开了头，

补充一个无人应答的旁白，

而现在，那个多愁善感的丑角显得滑稽可笑。

"我不是一切，请不要谈起我。

那不值得，

因为其他伟大的时刻都在等待。

你。你们。"

我一个人来到这里，

恪守着需要幻想的理由和心灵的孤独，

老鼠会又一次爬过被敲击的桌子的腿，

发出细细的声响，

吱吱、吱吱地叫；

一座城市会发生在一只小心翼翼的手的构想中，

城市在茫茫海洋的包围中，

玫瑰圆舞曲

围绕它的岸，建起它的岸。
城市所需要的设施在慢慢成长，
漂亮的小旗闪着极速的光芒。
在云层里，在一个男人的固执性格里，
城市中的男人和女人，
那是它的本质的需要，
在河岸口，在茶吧，在咖啡馆，在展览厅
在一切地方；
在乡村，在你不知道的地方，
第一次看见了光，
看见遗失部落中鸟的舞蹈。
我会有勇气大声尖叫。

我不在这里，我所熟悉的那些黄昏，
一天的时间里，一个礼拜里的情景。
那都不是我所需要经历的真实，
真正意义上的回归，
任凭它们之间相互掩饰。
我谨慎小心，束手束脚，
甚至不敢再向前迈出一步，
凭着你给我的印象，
我希望无可预期地进入那最神秘而幸福的时刻。
无须对任何事物讲述，保证，
它变换于星座之间，

变换于闪电和狂暴的权杖之间；
我多么希望那只有力的手臂把我举起，
把我击垮，毁灭。
在酝酿中把我完成吧，
那擎天举地的伟大手臂。

在你我之间
在那神奇瞬间和觉醒之后，
你的镇定和远行，你的架子，
一切胜利的筹码。
你知道，你不会孤独地存在。
伟大战士的身躯，
石块一样结实强壮，
耸立在不可攀缘的宙宇之上，
除非所有的谎言情义相连。
你不知道，你在何处，
与一种语言相对的语境情况。
你能了解你的痛苦——
我却急急地想着，熟悉的这一切，
靠幻想走近的黄昏的时间，黄色的雾，
邀你踏上另一国度，
另一个世界的意义。
不是平静和稳定的那一分钟，
以前从不曾走过的海滩，某棵大树下面，

你均匀的呼吸和留守之地。
那一群群从我们面前走过的人，
像聚会的白色幽灵，朝着这里观看。
我手指触摸着大理石桌子的纹路，
疑惑那是否是自己的手——
是否有勇气拿起这只装满了水的杯子，
这只普通的杯子和它自身的痛苦。
如果我愿意，我可以走进那里
成为他们中的一个，
或被他们轻而易举地占领，消化。
在那里或许我会舒适地度过一两年。
我注视着天空，也注视着你，你的手，
期望天空带给自己安慰，
那一同走近的闪亮光圈的预感，
最高的那一层……
或许我们可以走得更远。

死亡只有一次，人死了什么都没有了。
为什么不能好好地活着呢！
那个篝火闪烁的八月的夜晚
如此美好，醉人，令人难忘。
你出乎意料的这句话一阵阵地回响着。
你还说起了孔雀的羽毛，
它滑溜的屁股。

当我在小心应答的当口，
只有一次机会，像块石头一样说道：
我只想过圣安东尼的诱惑，和他破烂十字架的力量。
你说红色魔鬼的呼叫，风扇一样的东西，
呼呼地响着……

然而，因为我害怕，不是在这里，
害怕世界在别处进行，
在午睡之后，在七点的晚餐之后。
我们只能等待，
虽然没有发生，那最后的结果之后，
极致的快乐之后，
在许多次早晨阳光照耀的闲散之后，
在闪过诗意的念头之后，
在一切访问之后。
我能说什么，现在我能做什么？
一句明白的话语？用来解释？
一根神经上永久保存的画面，
那是否是这世间不朽的情景？
我们长了一对翅膀凌驾于一切之上的眼睛，
是否已经变得可笑而且多余？

哦，我所担心和害怕的变化
已经不在这里，不在我们身边了。

也许希望的变化使我蜷缩，

像孩子般躲在某个熟悉而没有人能找到的角落里。

随着众多英雄的出场，

无可抗拒的消遣压抑在脑门上。

世界为之激动的场面，

我们认识。

真实的空气，

渗透，发生质变，

它持续地远离我们，又接近着我们，

在鼻孔里，在咽喉和肺部，

从那里出来的魂灵弥留在这里。

我们的灵魂发出了悲号，发出了呼叫，

我们扬起手臂，我们的精神

在涡流中往返，重复，回旋，崩溃，

聚合……

我对你摆满的架子，

只剩下一个无法表达的字眼。

有别于舞蹈和歌唱的美喉，

在渐渐地成熟起来。

第十六首　开始在哪里，没有结束

毫无办法。

这是我们自己发明出来的。

我们慢慢地习惯。

我们自己的问题。

修养问题。

性格问题。

道德问题。

社会问题。

奋斗没有用。

天生的脾性。

挣扎没有用。

本性难移。

沉默。

思考。

你发明——创造——建设。

你破坏。

你还记得在冬天的时候

我跳进结冰的湖里吗？

我还藏了一把小刀在口袋里。

当时我们在收葡萄，就是那个冬天，

一只海狸救了我，把我拖上了岸。

一块干净的岩石上面，

在那里我晒干了我的衣服。

太阳底下。

"那位好心的海狸先生，你还记得他吧？"

"是他救了我。"

这些腐烂的回忆，

这些都早已死掉了，埋葬掉了。

痛苦的经验习惯于无常。

那时我们还常戴着常礼帽。

每天我们都还要脱掉帽子，每天都要。

作为天空，它有什么出奇之处？

它是苍白色的，闪耀着霞光。

矿物质在它下面。

我们在它下面。

泉水在它下面。

流淌，

睡眠。

消化，

风和沙子。

废物。

在同一个方位，要是天气晴朗，

大概是在一个小时前不知疲倦地倾泻了，

从早晨十点开始，红色的与白色的霞光之后，

它就开始失去光辉。

渐渐变得苍白。

苍白。

更苍白一点儿。

更苍白一点儿。

你说的对，咱们不知疲倦。

这样咱们就可以不用思考。

这样咱们就可以不用听。

咱们有咱们的理智。

所有死掉了的声音。

它们发出扇动翅膀一样的声音。

树叶一样。

沙子一样。

树叶一样。

他们全部同时说话。

他们几乎不说话。

它们窃窃私语。

它们沙沙地响。

它们轻声细语。

它们说些什么？

它们谈它们的生活。

光活着对他们来说还不够。

光死掉对他们来说还不够。

它们发出振动羽毛一样的声音。

树叶一样。

灰烬一样。

树叶一样。

这样咱们就可以思考了。

黄昏的怪物

一些在黑夜飘动的云朵，

不像燃烧的火焰和火焰释放的烟雾，

露出红色的尾迹，

白色朝霞已经慢慢腾起，

可是在这里没有任何建筑。

山脉和石头的碎片，

和一些光的晕圈，

使得一片湖闪着光。

一群女人，屁股的阴影像一群马，

在明亮的湖里洗着她们的身体，

背和腰，发亮的屁股；

而一头长颈鹿走过一片烧焦的石头堆。

这头着火的傲慢长颈鹿，

无法靠得更近观察这群女人。

戴着猫脸面具的小孩与一匹马凝望。

这匹马，不如说是一个有着硕大胸脯的女人，

而只是多了一张马的嘴，

和一双被动物的角触立起来的眼睛。

但是它不能飞，

尽管它有一对蓝色的小翅膀。

它也不可能奔跑，

在一个被黑暗包围的平面内，

不管他飞翔的动作幅度有多大。

而在一个静止的位置上那是多余的，

你只能想象，它是飞翔还是奔跑。

在另一个黑暗的圈，

一只蝴蝶在两张脸庞中间飞舞。

其中那张脸庞，一半男人的脸，一半女人的脸，

用一只无形的手掌托起了一幅人的骨架。

桌子上，手里拿着一个灌了铅的圆球，

这张脸也许会在一个困倦的光圈中

重新听见一个巨人时代的手臂的叮当响声。

这张脸，

像一个破裂记忆的野兽，

停滞在一片黑暗的前面，观看着手的动作。

这里也许存在着一张或两张面具，

在雨中或者火里，

精制的白色的铿锵作响的化石，

紧张而未受到注意，

碾过一片黑暗的城市。

在伦敦

我不知道我怎么来到这个地方的，
这个曾经一只脚踏入我们国土的国家。
而现在，我站在她的中心位置，
在醒悟前我开始奔跑起来，
有一种声音使我确信我在异国他乡。
这种声音，如浪潮的尖叫困扰着我。
海洋是干枯的，没有一滴淡水滋润着，
一些白色晶体堆放在岸边，
大概那是其他人的骨头吧。
一些不同于普通命运的白色的梦。

早晨，已经过去了，
来到这里，已经是傍晚。
雾，浓浓地沉了下来，
街道很安静，看不见清晰的人影，
大概他们都已隐藏在高高的房子里面。
在这里，行走是我唯一的机会和动力。
因为在一个只有下层人居住的聚集地，
我和我的家人走散了，

被一条河阻隔，直到早晨。

我将试着用另一种语言沟通，

而不是只顾着跑，

或看着一个扛着木板的男人横穿一条街道，

注意他是去对面的面包店，

还是去那家有着绿色长廊的大咖啡屋。

一个小孩挺着胸脯走着正步，

当我努力发出第一个清晰的声音时，

一些烟囱忽然高高地矗立起来。

从一个女人摇摆的身体旁边，

我爬过一节楼梯，

希望用目光抓住一些可靠的事物，

去发现一个祈祷披肩或是一个祈祷匣子。

我不知道我要搜寻什么，

爬过楼梯，目光的尽头，是一片雾的沼泽。

在这里，我抓不住什么可靠的东西。

在这异地，我只能再一次地奔跑起来，

试着跑过那些将要经过的地方。

我无法用一种沉默的言语，

阴郁地发出它的抱怨。

谁会希望在这里

看一个流亡者无尽奔跑的动作？

然后，我试着走过一个地方，

重新面对，重新拥有一些东西。

不是寂静或喧闹的街道，

不是那些女人和隐藏的男人，

不是歪曲的被攀爬的楼梯，不是那些痛苦的墙。

一只蚂蚁的旋涡

在这几乎完全暗下来的褐色之地，
是否已失掉了你白色而无形的灵魂？
只有一群饥渴的蚂蚁，坚硬的蛋。
这里没有明确的路。
失掉灵魂的记忆的眼睛
游荡着，像狮子的头。
若不是那样的微笑在更远处竖立起来，
摇摆着，像风铃宣告死亡，
那个灵魂的化石就要被那群蚂蚁
掘出一个深黑色的洞，
像百合花瓣之间深深的裂缝。
需要理解，如石头一样坚硬的蛋，
却孕育着一张狮子的脸。
不可见的星辰，在别处，城市和乡村
也许会被另一只眼睛看见；
而由两个身体分裂组成的城堡，
依照一个古老而原始的规律，
在这里落下根茎。
是否会度过一个完整的夏季？

十九世纪的一个黄昏

晴朗的秋天下午，

已经昏暗了。

昏暗笼罩着一个幽静的广场。

一匹有着双翼的马控制了孤寂的广场。

这匹神马带来的只是更安静，

犹如一座永恒矗立于十五世纪的圆顶房子。

爱瑞爱德尼不是第一次

坐在佛罗伦萨自由广场中间的那条长凳上，

不是第一次观看这个广场。

十九世纪的事物，

一座大钟指示的时间不是火车等待出发的时刻。

沿着地平线行驶，

蒸汽机轰响着喷出浓浓的白色气沫。

还未行驶到那座古典时期的建筑，

巨大的阴影里弥漫着火车的愤怒。

挥不去的浓厚的蓝色天空，

像黑暗中两片寂寥的平原，

像冰河时期的两道黑色堤岸。

一扇未被睡眠击垮的拱形门，

逍遥着，

和那座使人联想到离别伤感的宫殿。

静静地，躺在这忧伤幽暗的广场上，

被遗弃。

爱瑞爱德尼悲悼她那离去的忒修斯。

黎明距她遥远，夜晚逝去，

只有一种恐惧，

和对破晓的愤怒。

她将在何时逃走？

或许存在另一种孤独的信心，

使她长久的留恋着这里。

忧郁的一条街

一个深秋的下午。天空阴沉可怕。

意大利城市广场上有一些拉长的影子。

白天，拱廊里的商店结束了一天的营业。

在午夜时分开张的酒馆里，

一位戴着蓝色帽子的男人静静地喝着威士忌。

一座十六世纪英雄式的雕像的影子

映射在酒柜的玻璃上。

两旁建筑物之间明亮的空间里，

朦胧中，一个滚铁环的小姑娘尖叫着，

当幽灵船中的人物呈现出来的时候；

一节空的老式货车，展开了它的神秘，

一种困扰的情绪缠绕着火车站里的人群。

也许在黎明来临之前，这里的人群

会重新聚集。

一些妇女，

小孩，

拿着玫瑰花的老人，会再回首……

紫罗兰颜色的女模特

端坐着，白色布条下显露出来的身躯
在月光的中心，
失去了一种固有的姿态。
她的眼神，石膏般的紫色和空洞，
靠拢在一条麻木的腿上。
也许会产生一种不安，或许
是一种黑色的平静，
平静而不感到惊讶，维持着一种姿势，
常常疑虑四季更替带来的干燥和潮湿。
在一个向上的黄色三角形的空间，
月光流动，蠕动着给一只蝴蝶带来了色彩，
穿透了墙中无声时间的世界。

她不会懂得遗忘，
随着一个红色月亮落下，
端坐和伫立，
而不会凝思一个从天而降的天使，
红色天使使北方的天空愤怒。
…………

头发落下的黑色阴影，
像吹风机的风落在墙壁上，
永远干枯的褐色沼泽；
而脸仿佛在葡萄酒中浸过一般绯红。
她的存在，是一种固定的中心，
陷入困惑的是眼睛，
犹如一头牛的沉思，
铺满黑和紫的颜色。
整个房间的气氛，
右边黑暗的空间，
会伴有一声轻嘘的尖叫。

一切如释重负。
石头的碎屑从一个女人的头发里散落一地。
她从父亲的肩膀上跌落。
她不想葡萄酒，不想天空和红色天使。
在这里存在着也是一种精神长存，
即使在一个罪恶的黄昏时分要出去散步。

在城市

进入一个坚硬的城市，

一只神秘的手可以揽住整条街的神秘隘口，

遮蔽一些潮湿的鲜花的味道，

而一声尖叫可以呼喊直到黎明闪耀的那一刻。

一些即将倾斜的烟囱，

用那流动的唯一的颜色，一种深红色，

进入胸膛和头脑，

进入一些被用手整理过的面庞。

一束玫瑰的颜色是死亡的寂静。

早晨，洗衣的妇女仿佛是唯一可见的风景。

一座明亮的建筑里面，

在楼梯口出现的黑色手臂

紧抱着一束玫瑰，

让绿色霓虹灯熏红了脸。

桥梁的绳索悬在灰色的雾里，

抬头看，桥梁横跨过眼睛的视线。

那是杰克，

他已经不再呼喊或发出求救的信号了，

靠一些灯光照亮的信仰，

顷刻间就可以被粉碎被破灭，
使坚硬的城市发出的坚硬的气味。

在午后休息时，
可以观看一座城市的寂寞和喧闹。
寂寞在一些灰色的烟雾下面，
在一些晴朗而危耸的高楼建筑里面，
打破喧闹只需要轻轻地发出一声叹息。
在城市里，
三个女人，
机械地甩着头发，
她们被褐色的咖啡吸引到一张柜台前，
红色嘴唇上的油膏被不断舔舐，
接着发出奇怪的声音，
机械地，不是从口中，
呼啦，呼啦。
她们摇晃着变得肿大，
在汽车玻璃后面脱下长丝袜，
用红宝石制作的咽喉，
继续唱响一首歌的灭亡。
一个永远不能被遗忘的人，
在一座巨塔的上面，
追求着昔日的感官快乐。
许多人从那巨塔下面穿过。

另一些人被方格花朵夺去了脸庞，
掉落在城市里光滑的井里，
像黑暗坟墓的井底
被施放了符咒。

当一个寂静的夜晚来临，
我可以不再需要山风的抚慰，
不再需要野玫瑰的芳香，
或者是一只山猫的祈祷。
我可以不再需要夜晚和它黑暗的另一面。

在城市

在乡村

现在，从一座闪光的城堡下来，

怀着对温柔季节的呼唤，

将要被一种神圣的宁静包围。

当你受着诱惑朝这个方向走来，

在这种神圣的宁静之下，

有一处闪光的泉水终年流淌不息，

滋养着苦难的人们。

曾经，这里的泉水滋养了一个人的成长，

以及一片干旱的土地。

在这里，似乎只有一个上帝存在，

被一些河流、山峰、树木簇拥着；

纯洁的钟声一直在响，

响彻许多个世纪的早晨和傍晚。

欢呼着进入阳光的故乡。

而在这里，

计算时间的鸽子

围绕着一棵树不停地叫唤。

山谷中的村庄

在用一种寂静而沉闷的力量注视着星群。

在这里，
年迈父亲和母亲的脸庞，
永远慈祥，对着你微笑。
这一切打动着你的心，
这里的夜沉静而又明亮，
云层像是在描写欢乐，并笼罩着山谷之夜。
只有一个被沉默眼睛泯灭的午夜，
在散发着垂死者气息的黄昏，
感知潮湿树干的味道，
和一只猫爪里诡异的笑脸。

进入城市

在这里你将不会感到寂寞，

因为没有动物的死眼，

它们深邃而急躁的跳动，

没有死寂平原浮动的微光。

在这片宽阔的广场上，

光线明亮干净，照耀在每一个角落，

每一张平静的脸上。

面对永久和不可预测的事物，

提琴手悠然地演奏着一首单调而熟悉的乐曲，

没有倾诉的对象。

建筑师在认真地研究他的图纸，

一座城市正在他的想象中，

关于树，

关于会飞的鸟，关于跳舞的女人……

在一些平静的脸上，

女人们默默地忍受着。

面对一个神秘怪物的入侵，

一对拥抱的女郎会安静地倚靠在一棵树下。

这些人的身边，

石头建成的门廊和一些殿宇，

被刻上了花纹，

而这里，就是你将要进入的城市。

在这里，你不会感到陌生，

这里有人陪伴着你。

年轻女人要去另外一个地方，

去看那里同样闪烁着的星星，

和蓝色天空的变幻；

在这里行走着，你想要了解一座城市，

将来你对死亡的追求，

在这里静静地滞留。

有一天，黄昏会降临。

在黄昏降临的时候，

光线变暗，潮湿空气长久地侵袭着这里，

一些有洁癖的人们将要离开，

从一个安静的习俗中离开。

四季叫唤的鸟，那里

最后一只鸽子也将飞走，

即使是一座有着永久建筑的城市，

也没有它所需要的河流流过。

静静地，

最后一位女神出现在一块石头上，

在这里观看着，被想象，
一座预想中的城市的宁静和阳光。
在最后一个早晨出现，
在这之后，不再有阳光和早晨。

很多年过去。
我感到我正在一条街上走动，
在寻找着什么。
在一些竖立的玻璃和屋檐下，
街道上缩紧的空气，行人
逼迫着，陪伴着我，
度过了一整个冬天。
在冬天的每个夜晚我都做着关于真实的梦。

启程

在告别了西番莲之后，

那里已不再是家的温暖的胸膛，

给你的温暖和怀抱凝缩在一个白色圆球之中。

一块沉静的陆地告别了海洋几个世纪，

一位水手长久过着漂泊的生活，

在一块因呼喊而破碎的大地上，

不会有人记住他。

假如不是一位严肃的乐器手，

在敲响他手中的皮鼓的时候，

没有人会见到他，

即使他曾经谋杀过一只自由飞翔的鸟，

现在，他又将现身于大海和风浪之中了。

一条船上的一个家庭，

呼应着一个人的五官，

然后告别母亲，告别孩子。

一位年轻母亲的期盼，

在目光中向着无形头颅的男人。

一个家庭也许会在早晨的雾中倾听心脏的欢跃。

可是，现在，还不确定

前面是海，痛苦的历程被施放在船的桨橹上，
既不偏离左手，也不偏离右手的使唤。
城市的港口和鸟的飞翔，
曾经是惬意，而现在是幻想，
现在和将来都是腐烂的海。
在王冠的前方，
靠近一座岛屿的中心，
一只会飞的鱼的死眼仰望着你。
一个男人站在水桶里，
流着痛苦的眼泪。

守夜人

女人用于微笑的嘴唇形成了另一种姿态，

或许永远都是一种永恒的姿态，

在一个石柜的上面，

形成了另一种眼神，

一种从未有过的微笑出现在嘴上。

当海水中的一阵波涛激荡在她的怀中，

她感受着海水轻微的冲击。

一只握着匕首的手与她无关，

这只粗暴的手被另一只手紧紧抓住，

不让它刺入一个冰冷的胸膛。

一个男人指挥着一座影子建筑，

他的脸和一头狮子的脸对峙着。

他的脸庞，记忆中的脸庞，

已经出现了妄想的欢笑，

他可以发出尖叫或是在感到恐惧的时候，

显出败坏的幻想。

你会在花岗岩石雕刻的柜子里，

窥探一只蚱蜢的停留，

长时间地停留在蜷曲的胡须上面，

在怎样的混乱中它越过了怎样的深渊。

这一切就应该被赞扬，

无论它怎样结束或靠近那无限的蓝色的空间。

当一座形而上的博物馆被建立起来，

它已隐藏于花岗岩石柜子的后面。

骑自行车的男人会唱着歌离开，

他们的位置和引起的欢乐，

在一阵朗诵声中又一次陷入，

无限庸俗和无味之中。

世界的运行

是否已经结成了一种稳定的局势，
无论最后的循环时间持续多久，
还是从永恒流放到永恒中？
围绕着某种永久的顺序和无间的秩序，
未暴露的记忆隐藏了起来，
融到空气中。
那股永不停歇的生命之流，
从哪里来，
要流到哪里去？
扮演死亡的角色是黄色的，没有未来。
那股经久不息的生命之流的未来，
是否是一种留恋？
是回旋奔跑的动作，
是欢呼还是悲号？

在洪水和风暴中，
你上下行走，工作，
不停地工作，不断地编织
出生和死亡，

无垠的海洋；

在静止中存在的理性中品味长眠的慰藉，

在循环和旋转之外发生的事情，

我们是永远也无从知道的。

假如这个世界的运行从不停歇一刻，

你周围的生活和虚无的叹息，

像影子般成为了一堆有形物，

紧紧地把你抓住不放。

你吐出的真实谎言潜入黑夜，

潜入你的梦境之中，

你的希望之中。

假如世间万物有如壮丽的彩虹，

而耀眼的太阳在后边躲藏了起来，

你便会再一次回到，

你惯常生活的世界中来。

记忆的死岛

岁月无情地给肉体罩上了外衣，
在皮肤的纤维中进行着手术，
我们生活的花园的芳香已经消失了，
被海淹没在一座荒廖的灯塔之中。
我们嘴边念叨的各种咒语，
疲倦于孤独，疲倦于各种各样的表演。
有灵性的生物们聚在一起，各得其所，
而有一个在夜晚，
阻挡在它的中心，
被某种虚无包围着，
而变得像稻草一样。
是否破碎，还是已经躺下，并沉睡了一个下午？
终结的舞曲将要沉沦于天空，
酝酿在起伏的波涛之中，
而且享受着风带来的干燥和郁闷。
毕竟它的力量不在海滩上，
也不在船上，
它只存在于海中……

恒河密码

父族的形象，那是一种力量，
而我没有力量摧毁它。
他的形态立于人类之间，
虽然他从来都不稳固，
仅仅是被记住的一张脸庞，
而生活在别处的人却遗忘了他。
或许一种轻松的微笑会使一天变得愉快，
但那是短暂的，只是偶然的一次。
他不会一直想着在一季又一季中驻留。
他宣称，他的历史，
和他身体散发的味道在历史每一页的框框中。
在他耗损的身躯旁边，
他建立的城堡不够伟大，
只有一点感情的塔楼被塑造精密。
在那精密的风口里，他面对着死亡的威胁。
所有人的威胁，他的被遗忘的遗迹，
那里不是崇高父爱的庇护所。
原始的风，
原始的星空和黑色的舞者守望着风口。

但是那里是人类的某种永存的心迹，
如动物的奔跑、泥土周而复始的奉献。
虽然得不到永恒的保存，
却有过一次温热的痕迹，
偶然的温热，随即消逝。
在已经破碎的石头的叙述中，
消逝的爱，
没有任何东西再会与他相见。

恒河密码

盲人的打击

我们手中的蜡烛燃烧着，

这是我们的光的世界，

所有男人和女人的世界。

寂静中众多的人在无声交谈，

经过一片废墟之前，

我们几乎不知道怎样对待虚空的时光。

像折磨我们的自由精神一样，

在庆幸狂欢来临的时候，

我们清楚每一天的感觉和寂寞带来的自由。

黑暗消失了，

那不属于眼睛的黑暗部分已消失。

曾经，在黑暗中摸索着道路，

一盏蹩脚的灯照亮了走廊和楼梯。

我们的脚跟踩陷的地方，

灯光依附着身体的某个部位。

那就像是你的记忆，你败坏的身体的记忆。

你不能摆脱它们，

当生活重新敲起鼓来的时候，

那里依附于你身体的依然是你败坏了的记忆。

时钟准确地报时，

不可见的建筑工人不在石墙的旁边，

隐藏着悲伤、痛苦和喜悦的感情。

琴师拨弄着琴弦，

一位年轻的笛手在吹奏，

脚尖是钟表的滴答声，响彻四周。

他们不清楚狂欢在何时开始。

一位国王驾驶他的船离开了这片土地，

离开了阳光灿烂的自由地，

他摇着桨橹出发了。

在这旷日持久的舞台上，

充满悲伤和快乐的世界并不是我们自己真正的家。

紫色幽灵

吞噬绿色田野的风暴，

在心脏部位旋转。

狂喜的绿色，依然保持着缄默。

那片浮云被痛苦的头脑搅扰，

乡村教堂与远处城市之间隔着一条声音的屏障。

在这个寂静的夜晚，

一只蜂鸟的翅膀已经向坟墓又踏进了一步。

缓缓地，一只金色的船儿

被风吹向没有对岸的河流。

阴暗中，熟悉了一座在风雪中被冰封的旧房子。

一只冰冷而痛苦的头颅，

在摇晃，不止一次露出了微笑，

让紫色空气中的灵魂飘荡。

黑暗中的光湿漉漉，

它在清洗着每一个颤动时刻的记忆。

在永恒形象的柱上，可会留下我们悔恨终生的罪行？

他不能任意行走，按他自己的意愿。

对于一个被铭记的季节，

一滴感动山涧和河流的泪水，

震荡着，海风吹打着我们迷茫的双眼。

你现在坐的地方，

是属于你的一个空间，

你将不会再有别的东西。

两个假先知在伟大的时刻，

在哭泣，躲避着围拢上来的人们的目光。

曾经潜伏在茂密的树旁，

面对黑色火焰的威胁而兴高采烈。

眼前灰色天空中一瞬即逝的光，

用艰难的痕迹触抚他们的臂膀，

说了一句话：

"我将为你祈祷。"

锤子和木头哐啷响着，

钉子存在着危险。

喝下那碗酒，

然后沉睡，

醒来时，你将带着另外一个身躯，

来到这里，变得沉郁，

只有干涸了的石头的碎末。

穿过一片幻想的海洋

虚幻的现实，
假装的忧郁，
使夜晚每个人的面庞真实了。
我不是用生命的结束或者鲜血
使每个人的面庞保持着真实。
在一根火柴棒驻留的窗口仅靠一个虚幻的想象，
在生命的开始缓缓穿过一片森林。
那里，潮湿的浓雾轻轻地移动，
田野依靠暴风雨在扩张，
没有岁月的吱呀声，没有时钟，
而黑色的山脉，残酷的形体，
泡沫般轻轻地移动，然后粉碎。
那里，一片干石头发出的声响，
没有引起注目。

树木因枝叶蓬乱而跳舞。
雾轻轻地移动。虚幻和现实。
我假装忧郁。

鸟

一只黑鸦从塔楼的窗口凌空而下，
回到它的旷野，
聒噪着打着旋，
用它的翅膀挥击着释放于天空中的锚，
举起了乌烟滚滚的城市的午光。
当紫红色天幕垂落，
它的躯体被驱赶着去等待，
那个瞬息。
无法承受的夜晚闪现，
随后安静，回到它的噪动之源与福地。

对于我们，它的回旋透露了什么？
十一世纪在厚厚的石壁中，
最后一只观察的梨悬在空中。
对于它们，大地是什么？
是一个黑暗的湖？
还是它们千年飞翔的光之栖息地？

凯尔特人的信仰

死去的亲人们的灵魂被丰满的云聚拢了，

他们的灵魂会在花岗岩石中，

在无名的玫瑰花瓣中，

在铁锈和钢的坚韧中，

在蝴蝶的飞舞中。

它被囚禁在栅栏和铁丝网中，

被囚禁在鸢尾花中，

在噩梦的纸船中。

在一段喝椴树花茶的怀念中。

它会现身在燃烧的树丛中。

对我们来说，他们就此消逝了。

一朵玫瑰花变空了。

花岗岩石变成了碎末，无法攀缘。

丰满的云是降下还是隐藏在蓝脸的后面？

蝴蝶离去了，却还迁徙在它的地理版图上。

没有人来解救我们。

它会是什么？

是一只候鸟？

还是在一只爬行的动物的眼中或是在它的脊背上面？

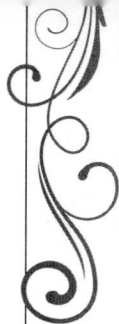

米罗的快感

一个受诅咒的夜晚，

更新了白天的一切羞愧。

绝望，心跳和新鲜的血，

充满敬畏地在古老的天空下反复。

一条大街的深度是一种被弃了几个世纪的语言。

行走在大街上的人们，

拥有远古遗传下来的真实的脸庞，

真正普通的脸庞而非面具。

灾难的灵魂却在大地之上。

这些人，

依靠一些铁的面具，

水和石油，

以及烧焦的头颅，

将街道占有的秘密全部丢入了黄昏之中。

艾洛塞医生之歌

他让我站在镜子前面，

绝不是要忧郁地回到过去，

忧郁和孤寂的性质，依然存在，

伪善和命令的眼神，依然存在，

不只是在一个夜晚落进滚动星球的一个摆设。

每个人安静地坐着，

维持身体成一种荒漠姿态，

那些被封上红色方块的心，

绝不属于人类的怜悯和忠贞。

我不想只是得到安慰。

自己的死，

或者别人的死或者别人的讥笑，

用语言带来同情和愤慨，

到处有疾病和恐怖面具的笑容。

司酒的那位少年已经失去了他美丽的背影，

雄鹰的羽毛渐渐掉落。

星期天来访的客人，

只给我们留下绿色桌子上的两只手，

和一本硬壳封面的书。

书的内容是你我所不知的，

里面讲述的也许不只是一件小小的谋杀事件。

我没有机会等待宁静的时刻到来，

空虚的手臂不断地期待意外飞来的一群鸟，

降临于广场上的雕像。

情歌

在一片黑色的夜晚，
大地从你站着的岸边漂走。
它的树木和草地，
渐渐远去。
栗树的花蕾，白杨微弱的光线，
你将再也看不到它们了。
你独自留下，
身体闪烁在黑暗中，
闪烁在一颗叉着双手的星星中。
我始终梦想着，
在你头发的精神图画里面，
应该去那里生活，
应该去那里死亡。

你的头发里藏着整整一个梦，
到处是白帆，到处是桅杆。
这里有浩瀚的海洋，
大洋上的季风吹动着我，
那令人心醉神迷的地方，

那里的天空更加湛蓝，更加高远，
那里的大气飘着果香和人体皮肤的馨香。

在你的密发的海洋里，
瞥见一个萧萧的港口，
充满着哀伤的歌声，
拥挤着强壮的汉子。
在永远被炎热笼罩着的苍天下，
各式各样的船只停泊在那儿，
显出那精致的复杂的结构。

啊！抚摩着你浓密的长发，
我又感到长久的忧郁和寂寞——
你的美丽与哀愁；
美丽的船儿在水波上轻轻地悠荡着，
在舱房里的花瓶旁，
我久久地坐在沙发上，
痴痴地望着面前那小巧的凉水陶壶。
黑色的阿喀琉斯玩着骰子。

在你这火炉般炽热的头发中，
我又嗅到掺着糖和鸦片的烟草气味；
在你头发的静夜里，
我看到热带蓝色的天空在闪耀；

在你毛茸茸的头发的海滩上，

我又沉醉在柏油、麝香

和可可油的混合气味中，

在浸过茶的面包和那个早晨的阳光中。

当我轻嚼着你倔强的富有弹性的密发时，

我仿佛在吞食着回忆……

庞培

一座耀眼的闪光城市，
像深夜童话的炉火。
传说的报时钟声的最后几下，
是喧闹过后和凄凉过后的毁灭，
在一夜之间被火山的灰烬吞没。
几百年，几千年来沉睡不醒，
有如它毁弃了的石头城墙和亮丽的喷泉，
容不下记忆的新种。
一只长颈公鸡和几只孤寂的梨，
生活起居的布纹留在墙上的蛋彩印记，
一顶樱花草帽跳不出黑夜的圈套。

对我们来说世界是什么，一夜之间
默默祈祷无用，
我会讲述一只仓鼠或鼬鼠的命运，
让它的耳朵贴近我的嘴巴
倾听黑夜里吹来的一阵笛声。
一朵暗藏着时代的花，

为什么一开放便凋谢枯萎了？
发生在二十四小时之内的事情，
关于太阳和月亮的舞蹈以及星星的踪迹。

罗马的妓女们
游荡在广场的各个角落，
在爱傲尼亚式微雕的柱子之下，
静静穿过了玻璃门、桥梁和城堡的走廊。
用肉体显示出来的欢笑
沉思着这世界的凶残，
它夺去我们的记忆和肉体。
在构成这座城市的建筑中间，
恒定的道德系统发出了清晰的一个词。
哀伤，不至于用无限的沉默忍受，
在这个将要永远逝去的夜晚，
狂欢属于她们。
有一位披着红围巾的主妇，
哀伤与愁怨地接受着声音的训练，
最后的一声要命的尖叫。

这里没有海，
没有飞梭的鱼翅，
否则鳟鱼的鳍会显示一条解救的道路，

而现在只有一个紧闭了双眼，

被打破了头颅的记忆，

和思维，

在延续。

庞培

自然的奇迹

凭着我对世界和对你的了解，

你是我肌肤的所在，

是我的躯壳，是灵魂的语言。

你发出悦耳的声音就像鸟儿们的演唱，

你身上的颜色如旷野的绿原。

我害怕听你的心跳，

即使像日常的雷声和雨点的击落声。

而你，从一朵枯死的彩云中掉落下来，

变成黄色的泪和黄色的爪子。

神秘犹如你的眼睛，你的语言，

在一个孩子的身上激发着我的幻想。

在他童年的乐趣与哀伤中，

你保持你的黑暗部分，

幽居在幽暗之处。

在他童年拍皮球的过程中，

他不愿知道你在哪里。

对一个神秘事物的真相，

即使是加百列队伍中的任何一位，

他也不愿意看到你灵性的毁灭。

在一切事物中发现了你，

阳光下的种子。
你来自光明，也来自黑暗，
你守着夜的舵轮。
我们知道，
你筑起城堡，对抗大海的考验，
而现在，宁愿你是自然的火焰、高山，
小溪和石头的影子，
一朵没有位置的铃兰花。
你永恒如草芥的消亡和更替，
在我这短短的一生中，
你只是行走，变换着位置，变换着空间距离。
你是树梢上最后一阵风的吹拂，
你可以是树自身的摇晃，
也可以是风的踪迹，
从那枝丫上逸散你的魅力，
光明如至上的君王。

高远呀，高远的天空！
辽阔呀，辽阔的海洋！
你知道下一次，
怎样对待虚无和黑夜的寒荒。

咒语

广阔环抱的森林，单调，忧郁，阒寂无声。
大海无法抗拒她的咆哮，她的沉默。
亲近与永恒。
一个只有一天生命的动物的渺小，
从昨天走了出来，
为它生存的明天操劳着。

在芝加哥流浪的人

在这二十万的人口当中，
我们不可能遇见更美好的事物了，
聚集着像一群浮游生物，
飘摆着软骨组织起来的身躯。
那些随时会变黑变暗的液体，
来自黑暗，
呈现一些房屋的形状，
没有一处是稳固的避难所。
平淡无奇，它们蜷曲身子，
乱糟糟地燃烧自身的污点。
无可回味的污点无形无味，酒精似的，
从自身散发出来的孤独和虚弱的身上，
带着偶然性寻觅着可怜的鸟的翅膀。

当我们和谐的目的暴露，因无法实现
而变成了只是口头上的号召，
那么，
我们至少该碰见一块巨大石头陨落的奇迹。
想象着一个朋友的预言怎样毁灭，

有关他的忠告，美妙而绝望的下场。
在这里，堕落的人，热情的人，
一些寻求孤寂亡魂回归的人，
他们并无目的。
一位醉汉迈着沉重而自欺的脚步，
摆弄着肉体的欲望，
那落魄的欲望绝不来自高尚的头颅。
当这一切付诸行动，
当这些犯罪的双手被幽禁着，
只剩下一次赤裸狂奔的游行，
最后变成坚固的呼号和脆弱的宣言。
一群谈论悲壮情怀的英雄们，
在一条僻静的街道，
为祖国，为人民，
为整个人类的家园，
群情激愤，彻夜难眠。
在这一间气息奄奄的屋子里，
房间的钥匙转动着，转动了无数次。

一个临近昏迷的老人独自坐着，
在他抽烟状态的背后是什么？
是打诳语的冷笑？
假装发脾气的雨伞？
还是变质文字的气味？

在可怕和真实之间，

不是不安的生活的归宿。

不在此处，不在任何地方。

而全部时间的间隙，

在凌晨四点的雾中不停地喘息。

夜晚的革命

阴冷暗黑的星空下，
浮动着一座巨大的冰川。
那是潜意识的冰川。

夜幕降临，
在城市的边缘，
两个孩子受到夜莺的惊吓，
已经离开
那栋受了威胁的房子。

在意大利一个荒芜的城市广场上
或许是冬天的都灵，
秋天的黄昏，
在黄昏中的城市狂欢着。
一位绅士发现了一只手套，
无法解释的一只手套。
在月亮的风景里，
在你的假想中，
一些平淡无奇的脸，朋友的脸，

以一个古典柱子的身躯出现。
你不怕实存的建筑和脑袋会毁了它，
毁了你自身的名誉吗？
留下你身躯的清晰轮廓，
你有权像其他感伤动物一样
热爱这个靠手和思维建立起来的家园，
而不是为了留下模糊的印象。
你有希望把现实组织起来，
还是用自身的肉体慢慢地把它消耗？

不可思议的脸出现在这里，
保持这旷日持久的镇定所需要的秩序，
从无极意义中走出来的死亡和它的化身。
二十世纪的巴黎，
就在那样一刻，
无聊的人聚集到伏尔泰酒馆，
谈论着他们无法证明
而时刻催促着人们继续生活的理由，
感觉着奴役与释放，
精神与无意识的虚伪。
一些人闭着眼睛，
一些人茫然四顾，
一些人审视着内心。
随着一个个时代的消逝，

夜晚的革命

人们惊叹于柔软的梦幻的困惑，
为缺少美德和幸福而悲伤，
为内心感到苦闷。

春

春天的诗意慢慢地逼近了你。

在一个个悄然逝去的夜晚,

白天的雨水纷纷聚拢,持续不断,

微不足道的生存的孤独,

一些叫嚣的宁静重新苏醒,

犹如生命的意志。

在一星期中,

一个困惑的季节无法藏匿它独特的增长与消亡。

因于躯体中的生命安于睡眠,

有的已经腐烂连同它灵魂的外壳。

一个惯于更替和重复的天气景象,

躺进了遥远大海的宽床。

有的像老鼠在窝巢里爬动。

这两个季节凝成的寒冷与潮湿,

触动了咕咕叫唤的声音,

触动了一张抖动的蜘蛛网,

而绿色的苔原重新占据了红色土壤的故乡。

也许沉闷泥土的种在悄悄化解,

也许一个无法接近的鸟的鸣叫在反复

寻找着那失却平衡的噪音。
我无法忍受，
可是最终的厌倦打动了我，
那么，让我缓慢地接近你吧，
你的声音，
你的色彩，
你青涩的呼吸。

春

一棵桉树

你在那里是一棵树，

你的根，你的叶，你的皮和你的脉，

没有任何附加的含义；

我只是想让你成为一棵树，

独立的桉树。

站在这里我也只是一个魅影，一个平等的身份，

与你没有区别。

我不想肯定在无形之间与你的区别。

我害怕你带着讥笑和嘲讽，

带着有形物的黑暗大脑

和思维。

我们没有过去。

我害怕和恐惧的是现在。

你依然只会是一棵树。

秋天

　　秋天，孕育。秋天，衰败。秋天，坚硬。秋天，宣告。秋天，隐蔽。

　　秋天，破解。秋天，坚强的种子。秋天，黄色的脸。秋天，唱歌的月亮。秋天，跳舞的月亮。秋天，失去玻璃的透明。秋天，前进。秋天，一棵树和博物馆的见证。秋天，回到幻觉。

　　秋天，标志。秋天，一个时代。秋天，温暖。秋天，进入冰的时期。

　　秋天，水妖离开了。秋天，舆论的声音。秋天，海和伟大的风浪。

　　秋天，不平静。秋天，喘息。秋天，行进和黎明。秋天，直线的构图。秋天，蓝色的构图。

秋
天

四月 l

四月，是帝企鹅鼓足的非凡的勇气，是它们的手足缠绵，
是非凡的理解方式，
形成了它们忠贞不二的期待，
绝不逊色于专断独行的在白色中的那个神秘化身，
凭借着记忆扭曲了北极光，扭曲了它迷人的光感，
而形成了旋涡，形成了迁徙的路线。
实际上，是热气流，是别的组成部分，
在出现，在长途跋涉，
在启程，在牺牲自我，
毫无根据地驻扎进人心，
驻扎进漂泊的人身之中。
四月，缤纷而温柔，
缤纷的森林复活，
在日志中锤炼。
啊，那是燕子，是燕子，
在观看着它的呼啸，观看它的入侵。
一颗追随的心未遭受侵害，
凭借非凡的意志，告别了渡渡鸟，

告别了神秘的消逝之物，

而转入直布罗陀，转入非洲的峡谷，

转入百慕大三角洲……

四月 ||

四月，英格兰的湿地感到安逸。

四月，没有固定的地点。

四月，在黑暗中浮现；四月，在黑暗中倾覆。

四月，不再是无生命，把生命耗光。

四月，损毁，终结；四月，凝望，怒放。

四月，牧场的拟人状态，在拂晓时分。

四月，宽恕的国度。

四月，忏悔得到验证。

四月，第一类甜美的音节获得赞赏。

四月，咒语解除。

四月，心脏般的质感，扑通扑通……

四月，鱼的元素；四月，雨的幻觉。

四月，旅行者的过去式。

四月，瀑布与闪电进入霞光。

四月，南极大陆的奔腾；四月，阳光明媚的伤害。

四月，新生骸骨的伤悲……

德雷克海滩

多年前筑巢的一片洼地，

艰难地塑造了一位传教士，

并且界定了子午线的范围，

由寂静到疯狂，由寒荒到温室，

经历无数刀光剑影、明争暗斗，

从大陆来到了更南的极地，

是无限意义上的开拓，是殖民。

出发与登陆的险境，

不只是谈判得来的结果；

你可知著名的基德，

我们的老船长；

你可知维京人的祖先，和他们遗留的船只，

多航行于风帆之上，

并且卸下了大规模的断头台、绞刑架。

那些涉足于风帆之下的亡命徒，

不仅仅是要书面的条约，

当暴风奔腾、冰雪覆盖，

他们就在港湾举行海葬，

每个人，每个身体，

他们未知悉、洞察

昔日的王侯与南极的气候，

未预料大风大浪的波澜。

他们的拥护者，保持了多年，

承认了那个时代，承认了那个信仰，

而且增加了他的风韵，

增加了他们的热度和骨感；

那时还未成遗产，也未使名册搁浅，

供人瞻仰，怀念，

仿佛在世界的尽头布下了迷魂阵，

使我们伪装成秃鹰，

倒下去，又形成新的开拔的队伍，

与这墓碑共同进退，

与这名称共同呼风唤雨，斗转星移！

德雷克海滩

千年王国

这是一个怎样的区域，

为谁而量身的场所，

栖身着，修行着，操守着体表上的谦虚谨慎？

使一具躯体就形成了一个无私的王国？

让它的起源像雾中的谜团，

不单单是依靠食物悟出了前景，

悟出崎岖的梦幻国度，

悟出终点时刻的销声匿迹，

未曾把后世的暧昧忍受。

让黑暗来临，让黑暗来临，

祖先早已经过了坟地，

经过了火的戒严，

经过了猎人的狩猎范围，

他们安详于其中的寂静和运动，

风风火火，来了又走，

走了又来，使生命转轮的曙光，

使肉体的大爱相伴相随。

一个石头摆出的阵形，

一片山脊上的抽象图形，

是人体深处的阴影，是目光的微缩，
沉思与探索的过去和
传统，
验证了谁的企盼，
验证了谁的死亡祷告？
未曾看见过你们，未看见过他们，
一张面对月亮的绿色脸庞，
一双在苍穹中深邃的眼睛，
迷茫而又坚定，
仍然是那心灵寂静的归依，
仍然是那永无止境的孕育。

阿兹特克

图拉城的雄鹰雄踞在墨西哥的盆地，

如一幅迷人的图案，

在那里可是它的心和它的灵魂，

在羽蛇神的领地

令人瞩目，叱咤风云？

远古的大地春神

成了未解之谜，

只留下一尊塑像，

经过了僵土冻裂，经过了风雨的淬炼，

成为了西潘的王，成为了祭坛上的主人，

而陶器上的那个人

进入了另一个世界，

却没有带走他的形象，

没有带走他的红色面具，

不仅仅是形成了金字塔，

不仅仅是祭奠，朝拜，

不仅仅是修炼，

不仅仅是向往朝圣的道路。

然后，是迁居，

阿
兹
特
克

然后，在风雨中矗立，遥望，
然后，是仙人掌的归属地，
直接控制着变异物种们的心脉。
当食人图案被凿上了墙壁，
当俘虏的头颅滚下祭台的阶梯，
当他们齐声吆喝和欢呼，
使他们的存在成为地质的记录，
成为更早期的化石，显现在现今，
没有血淋淋的生动的复活的躯体，
只有那片骄傲的图腾。
不再是古生代，
不再是中生代的先祖们，
围绕着仙人掌，围绕着雄鹰的翅膀
舞蹈着，舞蹈着，
他们停留在岸边，
停留在石头的造型之中，
一层一层，被埋葬在下面，
如曾经横空出世的神灵，使他们成为了
波浪的源泉，
成为了赤潮，成为地质活动的动力，
成为遗留的黑暗物质，
成为弥留的标志。
似乎是凝固的永久形态，
带走了一个时代的太多的引力。

而那一整块的区域，
使他们不会再变回到液态，
不会再变为气态，
不会再被迫回到死亡的深坑，
而毫无怨言。
沿着岩石的断层去告别地质时代，
告别初为人世的美洲虎，
以及雨后的热带森林，
直到最后一刻，
在我们的瞻仰之中
控制着我们的生存，
如混沌初开之时，如苍茫的一片……

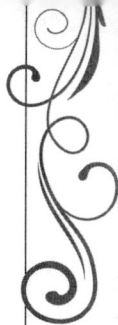

死亡曲

谁还在寻觅你的踪影，

步履轻盈，如你在静静地流淌，

无人问津，伤感地漂流着，

失去了琴弦的欢送，

失去了大地的亲和，

融化在失去了感知的躯体之中，

融化在灵魂师们的手中。

还能选择一种怎样的路径，

穿越曾经抚慰过的山谷、溪泉，

和那固态的时空，

去追随那神奇的亡灵。

也许酝酿了许久，也许叹息了许久，

用封闭的歌喉

又张开了他清泠的嗓音；

那为你建造的墓碑，

和那五月开放的白色月桂。

再一次被打动了心，然后又沉寂了吗？

验证着那傲慢的流言了吗？

也许从来就不是一个终点，

未听见遗憾的感慨，

未听见忧伤的惋惜，

在歌声之上茂盛，繁荣，

或者是像黑色一样的枯萎。

为何又在燃烧？

为何又流离失所？

惊醒了它们的感官，

惊醒了它们所蕴藏的起伏的波澜，

惊醒了经历的最美妙的时刻，

然而却总是在背后聆听，

让他们全部都迷失了生命的方向，

使他的象征时刻又回到了原点。

倘若不是一条升华中的生命线，

又怎样值得安静的回归啊！

帕加马祭坛

那可是一个曙光般的季节，
为谁而来，又为谁而奉献出
一条垂死的胳膊？
带来了一张盾牌上痛苦的脸，
带来一种不可侵犯的目光审视。
当一条螺旋通道追求着流光剑影，
追求着坍塌的繁荣和壮美，
那绝不是自我熄灭
绝不是在光点之上的旋转。
当一种荡然无存的审判
超越了他们的身姿，
超越了他们凝缩的感官和愤怒之时，
那是值得的，是得天独厚的。
那些独自建立起来的撼天动地的情节，
使他们光彩夺目，
使他们欢腾活泼，
在任何梦幻般的时刻却又感到绝望
和悲伤……

莫纳卡蝴蝶

美洲王蝶的后代们面临着风神的萧萧，
在迁徙的路途上包含着抽象的时光，
带去了那遗传的形成王国的旨意
和集体的殉葬方式，
一路翩翩，追随着单纯的演化模式，
让外界的现实变成观念，
成为飘摇的萌芽和再生，
不同于加拉帕戈斯的贝类，
不同于火地岛上的爬行类，
不同于分布广泛的两栖哺乳类，
选定血缘亲密的种类，
并留下原始的采撷烙印，
留下温血者的呼吸；
它们的身后是光与射线，
是紫杉的呻吟，
是狂吼的海滩以及在波涛中惊醒的海鸟，
是城市热岛。在那里，它们
迂回曲折，迫使它们的飞行路线被夹在中间，
不能顺利迁入在枝头上的栖息地，

唯一的一次繁殖，唯一的光荣风景
面临着蛹的变异，面临着破茧而出，
使它们丧失了骨骼的优势，
使它们的传播和飞翔，
成为最古老的也是最完整的变形记录，
在这生命的星球上，在这浩淼的宇宙。

莫纳卡蝴蝶

灰鲸

嶙峋的化石
早已在旋涡之中，
在好望角，在墨西哥湾，
在海床地带，
成为了盐柱状，
一点一点，消耗着沉默的眼睛，
像夜幕一样，
像海底的沟壑一样，
像一双注视着的阴湿的眼睛，
终结在南方大陆的海滨，
使它们幸存的游弋萌芽，
沉积着成为了忧郁生物们的代表，
成为它们之中的一类，
并逐渐走进宏伟的海葬仪式之中。

澳洲果蝠

没有人知道这荒凉的一刻
是在白昼之中，
是在喧闹的街区，
未看见它们爬行的身躯，
未看见它们飞行的姿态。
它们在黑暗的深处，
遇见了回声，遇见了光的运动，
遇见了人类的呼喊和驱赶，
并惊慌失措于眼下的丛林法则，
惊慌于一个空洞的黄金年代……

夏日巴拿马

黑色的绵羊市场，
是驻扎在这里的吗？
还是只停留一段时间，
然后划起他们的船桨，
从海平面上消失？
从何处而来，是满载而归吗？
穿越在运河开凿的时代，
有意建造那海港，那恢弘的城市和圣殿，
在沙漠隆起的地方，
不被野兽们搅扰，冲破防线，
却让它们在泥土中死去，
而不是一边毁坏沿途风景，
一边保持心中的神圣。
让世界在心中宁静，
从而预示它，关注它。
一个隐藏在多重布景上的身躯，
是拥抱的姿势，
却从来没有看见那软化的绳索
在海岸上用以暗示什么，束缚什么。

海，是如此大，以致于
在它的平面掀起了波澜，
领略着从东面刮来的撒哈拉的狂风，
从大西洋而来的
一次厄尔尼诺现象，
使他们那里的气候发生改变，
使生存的环境受到影响，
使气温升高了一摄氏度。
出自于一双手，出自于一种工业上的废墟，
已三个世纪，从革命时代就已开始了，
从黑暗的大陆被装上集装箱，
被装上逐渐失去光彩的古老码头。
不只是气候的问题，焦头烂额，
让幻想的脸庞在海滩终止，
终止美妙的预测，终止多余的担心，
终止对未来抱以忧怨和惊慌之心。

霍金先生

也许还有几百年的时间，

但他不知道确切的时间，

也许还会有千年的时间，

可是已经得出结论，

可是万众一心，绝非危言耸听，

来自黑暗中的河流，

迟早会把我们吞没，吞没这个星球，

从它的诞生之日，从它的释放之初，

就已注定这个无法反抗的命运。

被黑暗包围的内部中心，

把我们抛上了奇异的曲线图，

抛向未知的函数领域。

如此抽象的定义，如此抽象的拯救图，

却不是在永久的遗忘之中，

就在眼前，在人们的心中，

成为了舆论的焦点，

成为了时代的创造，

也成为灾难之下的更多骸骨的见证；

在将来，

在空旷无边的星际，
不会是在这里的冬季，
引起我们寄居的好奇心，
而发出像早期渔民般的呼求，
去经历大风大浪，经历前所未有的事，
或许已经来不及，不得不启航了，
去寻找更多的恒星，寻找更多的行星，
必须是更多的，更安全的栖息地，
在它们的光年之中存活。
我们要的是速度，是奇迹的发生，
是星际上的黑暗运动，
掌握它们的规律，
能够观察它们伟大的全貌。
我们面临飘散的命运，
也许将来还要去斗争，在黑暗中斗争，
你和我，我们彼此间的争斗，
黑暗空间中的争斗，
使得渔民的经验变得更加透明，
更加引起人心的惶恐。
小小的灵魂之身，似乎不再需要我们，
编出它自己的时间，它的简史，
创立它们的时间观念。
但是，他说，我们终将要死去，
但我们仍要存活下去，

并非单纯生存上的意义，

简单而没有生机，只停留在一个烂苹果上，

在它里面就能够青春永驻。

那是蝎子座，凹凸不平，

那一点，不会改变，

如一枚烂苹果的核，

随时都会在大爆炸的威力之下覆灭，

使我们不稳定，使我们的心不够坚强，

渐渐演化成为怨恨；

但我们必须促成行动上的拯救，

变成奔波的动力，

一代代人，一个个纪元，

都是它存在的纪念碑，

无须在这里，扯破生命尾迹的风帆，

让驻足之地成为虚幻，

成为广泛物种之间的传说，

划破虚拟的长空和我们的悲叹。

德班纪念日

德班纪念日，
仍然是仇恨的种子，
在燃烧，
像复仇的火焰释放，
在冤魂上释放！

黑暗使者

尘土飞扬，那座玫瑰园仍是稳定和繁荣的吗，
以一种庄严的风光折服了人心？
以她的花容月貌，
以她的矍蹙闪光，
接待着芸芸众生，
接待着生命之中的曙光吗？
也许是以一种虚拟的神态，
安抚他们的舞蹈，安抚他们的苦楚和荣光，
并用目光在她们的身后
扫视着如鸟类现实的世界，
或许更多的是走动，是拂起暖气流，
使常物们保持着常态，跟踪着，寻觅着，
如一条旋转而上的阶梯，
承载着更多的白色灵魂的
洁白身躯和光一样的重量。
使连接无穷的过去，
有一个明确的目的地，
而不是茫然寄生，消耗着光明的前途，
连接那静止的路线。

可是，静止的终点，
不仅包藏着躯壳，
也暴露躯壳，
而使行动仓促，
使他们的等待还没有结果，
就已消逝了。

耶罗岛居民

在加纳利群岛，
追溯着关契斯人祖先的起源，
有别于格林威治的时间，
却没有发现更多的干尸和手工制品，
只留下蜥蜴的痕迹，
留下灰烬和一段与世隔绝的悬崖。
也许拥有太多的记忆，
也许是太深的痛楚和悲哀，
假如他们感到踌躇，
未发现濒危的脊椎物种，
他们也许就不会再吃，再把它们赶尽杀绝；
可是，别人却仍在掠夺，在制作标本，
在溶解着古老的化石……

埃特纳

早已被围困，
没有回家的路，
天空阴霾不散，
勿让孩子们去蒙大拿河。
野性十足的威胁，
令人揪心，在深深的湖水里，
在黑水的深渊里，
等待着被撞击，被碾碎，被淹死，
然而，是否还会被吞噬，
并且表现得不怯懦，
在一种被称之为腺体的窟窿里，
发出危险的信号。
是喷发、挣扎，还是暗示的情景？
且爬行着生活，
并记住乌克兰，
记住莫斯科，
记住寡妇和孩子，
记住眼泪，

记住发光的和暗淡的人性，
让心造之物再现那虚心的对象，
你，你的存在。

埃特

（埃特，古罗马神话中的一位女性。）

那声名狼藉的农庄
已被镶嵌在陷阱之中，
处处是凝视的深渊，
使你无处藏身，暴露着，成为命运的威胁。
在疆界之外的征兆，
不是自我完满，
以及在某处显现的意象事件，
似乎是纯粹的幻象，就征服了
创伤性的伦理，而且伴随着泪水涟涟，
压抑未被释放。
她幻化的表现没有被保留，
不只是匮乏，不只是自我的理想，
或者是某个动作或别的名称，
并占据匮乏之物，
符号性地融入了各个家庭，
融入浪漫的血色之中。
世界的尽头，桥被渐渐展示出来，

烈火熊熊，还有那座农庄，
难道已经成为了彼岸，
成为被观望的对象了吗？
那用目光测量的彼岸，
再无满面尊严的角色出现了吗？
没有虚幻，没有惊异，没有严酷的转生，
而就此变得纯真了吗？

埃
特

斯瓦特

是你，你们，连续在城市边缘，
发现了五月的前景，
发现了这条路线，
袭击着人们的忍耐度，
在尚未涉足，尚未平息的弥散的死亡气息，
在最苦涩的岁月里，
无须用更多的奇闻制造、言喻一切。
言喻一切平凡的特殊的流血事件，
从来就不是其他的什么地方，
不在别处，
也不是意识上的悲惨，
而就在此地，在人们之间，
就惊天动地，震颤人心了。
那是从干旱之地而来，
带着鲜明的标志，
去逆转一个亘古不变的现实，
而一个忘情的躯壳仍然要去某个地方，
改变那个暴动的世界，

创造一个平和的世界。

在此，在斯瓦特的山谷地区，

使更多人的命运，承受着巨大的惊忧。

木乃伊组诗

一、尖叫的木乃伊

谁都无法逃离，

谁都会死去，

尖叫着死去，快速地死去，

连头也不回，不再回首昔日的荣光，

不再婉转地巡游已消逝的人生。

那些时光般穷尽的路途，

如今，只剩下咕噜噜的循环，

在某处的循环，接近尘土。

貌似理想人生的悲剧，貌似人生的喜剧形式，

充满豪情，充满学识与见闻，

带我们欣赏一场无国界的辉煌传说。

那为谁而奏响的钟声，

在尖碑竖立的天空，

在干旱的沙地

得到过庇护？

也许，只是一场仪式，

在颂祷般的礼仪之中，
目击你我之间渺小的举动，
触动着色彩绚烂的命运，
却不能挽回那纯真的生命里本质的疑惑；
还有谁，站在那儿，又陨落在那儿，
在陌生人的陌生领域，
议论着死亡的真理，
议论着身体的归属。

用一种广袤无边的爱，
去博取意志的尽忠尽职，
获得葡萄般的黄金季节，收获的季节。
三角形的人生，丰饶而又多产，
向上蔓延着，蔓延着，
且构筑在人的心中，构筑在人的行为之上，
不是为了某种王者的献祭，
带来一大片的苦痛，
带来一大片的喧哗和狂热。
至高无上的神迹揶揄人间，
但那绝不是神迹的体现，
不是人间的至爱啊。
你不曾死在这儿，
但那些一字未提的日子
却惨遭迫害，

脱离了苦味相伴的真正的人间生活。

它在那儿，是干涩的，

是枯窘的，接近着苍穹。

那么，去倾听吧，

在空旷之地，在没有建筑的空旷之地之上，聆听吧，

他祈祷时的一段言辞：

他们怎能不死，

他们终日劳累过度，

耕耘着不毛之地，

在这片沙漠地带，无始无终，

在那参天森林里，无始无终，

在那凶悍的波涛之上，无始无终，

没有宁静，没有休养，

但他们却永不会停留，

不会匆忙度过自己建立起来的石碑时代，

不匆忙躲开梦中的死亡对象，

却总是为它造就爱意绵绵的坟墓。

尖叫过的生物们

从出生时就紧紧抓住不放，

那条宇宙的生命弧线，

游移在温暖的一双大手旁边，

拼出了某种来自太阳的面具色彩，

来自月亮的皎洁的光辉。

在寂静之中，在圣洁的礼仪之中
呼啸善举，呼啸慈悲
给予生命更多的垂爱，
当新的期待触碰到血淋淋，
触碰到活生生的呼叫与哀号，
变成一种松动的物质，
一种易逝去的体验，
那些神奇的举止就意味着失去功效，
血的献祭意味着无辜的牺牲。
众人扭曲的脸，意味着虚假的朝圣，
再也不是来自东方，
不会是来自阳光照射，
温暖大地和人心。
一切都将崩溃，
成为哀鸣遍野的生物们的绝境。

二、安详的木乃伊

适宜居住的环境
建造在柱石之上，
在祭司们的手中成为楷模，
中立于人与上天的关系，
类似于动物们的居所，

群居着，过着赞叹与被赞叹的生活，
过着修行与隐居的生活。
如同在亲手建造的圣殿里
尊奉谦悔的生涯。
继承是多样的，
如同历史的文本，
没有打破生命和死亡的往返与规律，
那么它就是循规蹈矩，遵循着它的自始至终。
那么，就让它的蔓延蔓延吧，
就让它择地而居吧。

东方的荒地在沙漠里渐渐崛起，
那漫长旅行的终点，
在凛冽的寒风里，
感受着那儿的狂热，
感受着村庄的荒芜，
和神庙的秘密咒语，
保留着不少时间，
神秘而倾斜在太阳的脚下，
拜倒在神犬的牙齿下，
拜倒在天平的符号下，
经过良心与天平的地方，
身体的重量，灵魂的重量，
被丈量，被透析。

人生暮年的去处，

总是那么充实，那么饱满，

并被衡量了出来，

为了每件问心无愧的事情，

或许是滔天的罪行，

诞生了这宁静而保守的第二世界。

但它的存在也是不安的，

那赋予异乡人的好奇心，

是平静的心底的声音。

但它何时发出，何时吐露

何时是它的回归之春？

是的，再也不能缺失那样的呼求。

阿蒙，遗失的主宰之神，

默默地接受着平安的祷告。

生命中的震颤，

黑暗和恐惧，

那一天是无法遗忘的日子，

也是难以回首的日子，

既惊叹又痛苦，仿佛是守护的神灵

回到分裂的肉体中去了，

回到了另一个欣慰的王国里，

唱出那伟大河流的哺育之歌，

滋养与恩情，

永远不会离开，不会放弃

这里寄居的万物。

景仰之意还未表达出来，
是谁高高在上，
弥漫在这极度异化的大地，
以及他的博爱，
投入他的凡心和整个的情感啊！
在这里驻足与长途跋涉。
到达彼岸的信念和那永驻的塔，
是我们一同建造的吗？
那座沉入地下几千年的石头空间，
不仅仅是祭奠的废墟，
不仅仅是怀念与反思的旧石头。
这座塔，它带来了什么意义吗？
那是异乡人的问候，
可是，昭然若揭的象征，
直达云霄。
他们去到了那个时代，
为法老，为祭祀这座城，
古埃及荒废了，来到了这个时代，
并且开创了废墟之上的奇迹，
必须这样，以王的名义，
指出心灵的寄托，
牺牲或者得救，

像流血的山羊，像被迫害的山羊，
凝缩在一个时刻里，
凝缩在迁徙的跋涉之中。
它们积极向上，并追问上天，
但愿他的面容仍在光明之中，
颤颤巍巍，朝此地走来，
不再有别的面容，
也不再赋予别的面容以尴尬的情结。

三、"乳母"木乃伊

终究是融解在当下，
露出了慈祥的面容，
露出了记忆里的笑脸，
如同旷野寻声，
在僵硬的凝缩了慈爱的表情上，
呼喊着另一个送葬者的队伍。
开辟新的起点，新的空中花园，
受伤的颅骨还未能修复，
从肉体到骨骼，到干枯的皮毛，
到成为破碎麻布的内部器官，
一切都已失却了知觉，
留下了真空中的分解物，

曾经在盗墓者的手中，
在宫廷的喧嚣中流传了下来，
如一段空洞的时间，
没有记录，没有预期，
而变得亲切。
此时此刻，
在被破坏的运动规律中，
一切也已静止，
言语静止，你的眼眶静止，
给你的抚爱静止，
自己的灵魂静止，
午夜里的呵护与哀叹静止，
只因那片面的因果，向前运动着。
善始善终，却只有形式，
在此刻，在显露着另一个开端的时刻，
在另一个世界的开端，
在另一个形成时间的范畴里。
当我们不必再分开，
当我们彼此悄然
联结在一起，靠近在一起，
用我们先前的语言诉说着共同的历史，
也许是一桩桩的命案，
也许是更加荒唐的一种现实。
邪恶如同饶舌的情绪，

木乃伊组诗

熟悉了你我的心境，

别去靠近，别靠得太近，在那边，

在那现世的边缘，

在曼陀铃的形象中，

一些人只是工具，阴谋的工具，

没有别的价值，轻易地就失去了性命。

失去的也许是美妙，也许是肃穆的思维，

从此不会再去证实黄昏时的碑文的真实性质，

用别人一生的时间，去探寻灵魂的奥秘，

探寻魂灵所存在的真相，

却在腹部泄露，

三千年前就已泄露的奥秘。

那个葬礼，如今已被取代，

被另一只现代的手裁决。

如此，是你幸运的结束，

不是告别，而是到来，

是你辉煌的进行曲，在那阴暗的层面

与那些勇敢的航海家

一同前进着，前进着。

生命在震颤，死亡就在眼前，

未来就在眼前，

然而，他们也都稍纵即逝，也都要消失，

也都要离开大海黑暗的身躯，

不是登上虚幻的彼岸，

而是鼓舞着进入另一个陆地。
终年累月，那漂泊在海上的最后的呼求渐渐隐去，
只剩下干枯无味的形容和无力的言语，
在人心惶惶的精神世界里，
占据着城市奇闻的流传，
占据着沙尘的终点。

仍然是那个终点，
仍然是那条路线，
仍然没有改变符号的指令出现，
也未发出安逸的暗示，
那是生者的安逸，超越太阳的符号形象，
更多的，使身体暗于接近它的阴影。
留下它的阴影，在石柱上，
在狮身人面像的脊柱上，
它离开了旧的社会制度，
离开了金字塔天空的屏障，
那些垂向人间的晦涩的指示，
便不能深入人心，
不能获取方尖碑上所指出的晴朗天空。
以及大地与坟墓，
便不能获取正义的路途，
活得像一个真正的人，真实的生命。
接近于真实的功绩是美妙的，

平凡而又谦逊的劳碌是非凡的，
更多的人倒在断头台上，
死在银环蛇的毒液里，
过去的警钟指向过去，
指向非现在，指向非存在，
而为垂死之人，为挣扎之人恢复的象征盘点。
人鱼图案、豺狼形象是复古的，
他们是完美的，是标志的化身，
从诞生之初就默默接受了化身的归隐和章程，
别的存在却在它们内心闪耀！

石碑时代

世界的进程在匆匆形成，在流逝，

最初由刻骨的幻象召集着众多秘密的人心，

形成那环中之环，

上升或者下降，

如云如雾，

使人战栗，使人颤抖，

保持着永不枯竭的灵魂般的姿态，

延续着自我感知和满足。

出现在面前的形式，组成了吸附的力量，

带来了不寻常的悸动。

或许，

如今只剩下歌咏，

剩下无关紧要的祭奠与缅怀，

形成它模糊的影响力

与墓碑式的信仰。

但它的迷惑是星火式的慰藉，

是一棵树上最终的果实，

如此美好地发了芽，

在丰盈中吐出了生命，吐出了果实之前的果实，

并投向大地，

投向了他的意志与虔诚的心态，且以更高更纯的形式

从内心出发了，

到达它的极限与开端。

在安杰雷帕

也许，再不会有一双手，

一双伟大而勤劳的手，

保持住舒展的宽容，

来拯救与自我拯救。

在这巨大无边的荒凉岛屿，

或许在荒废之中是埋葬你的塔。

假如是一个深沉的时刻，

它将暴露得更荒凉。

大海在日渐膨胀

由蔚蓝色变成了硫黄色，

包裹在它的源头里。

新物种在此地来来回回，

产生着一个个新时代，终结着一个个新时代，

且摧毁着人类的标志性建筑，

并且凝望着下一个时空，

凝望着下一个坍缩的出口，

凝望着这即将成为遗迹的地方。

珊瑚继续扮演着不可忽视的角色，

它醒目的伪装，

在海边用它的躯壳，用它的爪，用鳍，用塑料
扩建着舒适的繁殖地。
每种生物都使出浑身解数，
在那里搏斗并且拨动着生命的诡计。
一种来自土壤与岩层的生命，
或许来自高空，
如星宿的向标，
纠结在一起，形成如音节，
如天宫上的图谱，接近无限的苍穹，
接近更加凄凉、寒荒之地……

黄昏鸟

黄昏鸟在岩石中飞翔着，
像留在空旷的墓穴之中，
那风云变幻的世界在风暴中，
那风暴在云雨之中，暴露在那标签似的泥层中，
被展示着，
不仅仅是岩石层的记忆，
不仅仅是白垩纪
描绘着它们已凝聚的形态。
它们的起源在三叠纪，
在肉食者的口中逐渐消失，
它们的骨头仍然留在这里，
在海洋与大陆之中。
那些骨头里的故事，
与生命有关，与腐朽的石头的命运有关，
日复一日，
等待在这里，守候在那里，
用我们的语言，解读着它的归属，
解读着彼此血腥味的归宿。

地中海勇士

他从来没有说，
在他的意识里从来没有说起过
那篇祈祷文，
超出了怎样的界限。
愿有朝一日他的天性暴露，
那雕刻着生存的荣耀的铭碑，
此起彼伏，
可是，他从来没有说起过，
这位勇士，来到这个地狱。
那永恒的大地，那爱的对象，
在脚下，寄托着橄榄树的复活。
在死者的头颅里，在先祖的神灵中，
默许的咒念昏暗无常，
无法闪光。这一代，
吃下骨头，吃下灰尘，
他们无法远离既爱又恨的肉身，
无法逃离，他们无法超脱肉体日夜变异的极限。
假如有一天，
被岩石吞吃，被树木吞吃，

是结果，不用人的语言激活，
或者召唤他复苏，
仅仅一次就让他沉寂，
在最荒芜的世界里。
那世界，不是克里特的世界，
也不是色雷斯的世界。

地
中
海
勇
士

灵魂与窗花

我已告别了少女时代，
昔日琴弦的余音，
已无法触碰。
插上新翅膀的典法，
在人们的心头，
欲念从邪恶中，从肉体里
来到这世界，
回到古老的岁月中。
当生活在空洞的呼吸中，
肉体的泪水，宁静而祥和，
但仍未降临别的喜悦，
别的悲哀却在降临，在召唤。
那么，它祈祷的言辞，
在它的旁边；
那么，陌生的人儿，边看边听吧，
无论走到哪里，无论消逝在何方，
那热切而未知的捷径，
寻常地朝你走来，
就让时光满布阴云，就让它回到过去，

回到黄昏之中去吧！

黄昏的坐标，

在那之后，在黑暗之后，

是无穷无尽。

或许也是一种抚慰，

耸立的黑暗，

苍白，寂静，

在宁静的窗台上，

没有爱的对象，没有无谓的等候。

它在那里，会是我的尽头吗？

窥望着我向往结束的地方，

它会是轻柔祥和的吗？

灵魂与窗花

猫的幸运日

它放弃了思索，
在黑暗中它已无法怒吼。
黑暗中的怒吼
黑暗里冗长的声音，它低沉的咆哮声，
早已安息了。
曾活在一个广大的怀抱中，
从一个空间来到另一个空间，
是弥补空旷的足迹，
是空间里的一张网，
在埋骨之地落下召唤的呼声，
在荒野中回归，又来到废墟般的繁殖地。
可是，这仅仅是开始
身体最后成了多变的种子，
被深深地埋葬。
金属般的气味，金属般的血液早已凝固，
即使花瓣在凋零，
那些在猫的身体中闪光的遗韵，
仍然需要某种真切的抚慰，
需要一种呵护，需要一种语言的安慰，

来召唤它回归到昔日的岁月里，
回归到秋日的峥嵘里，
并变成那粒种子，
去填补那寂寥的空间。
当气温未变得更寒冷，
未变成刻骨的寒荒的时候，
就让它缩紧身躯，
让泥土进入它的身躯，
让含泪的生物为它哭泣，
再也不分开。

恒星之心

千百回了，

受益于自然，

转换于这命根的孕育上，

与众不同的生物们，

在这颗恒星上，

延续着诞生与死亡。

从一开始，就与世隔绝，

没有大厦，没有帝国，没有领地，

没有此时与彼时，

没有疯狂的掠夺和盘剥。

我们在恒星的世界中，

被赋予了身份，

来到这个盘古之地，来到这片尘土，

理解着，沉默着且忍受着生命的变幻无常。

可是无须对它惊惧，

无须感到害怕，

也没有什么需要慰藉。

你，这世间万物，

我们在此，

混乱又彼此心安理得。

墙

曾经是生命，

如今却没有留下脚印；

曾经燃起狼烟

如今却像炼尸房，烧毁着残余的记忆，

应当看着你死去，

看着你坍塌，看着你成为碎片瓦砾，

成为新的奠基。

假如你还活着，

在北方，在大地的心结上活着，

你的黑暗将留给寄宿的鸟雀们。

当人们思考着时代的精神，

思考着闪光的文明以便献辞，

在心底，它需要虚拟的纪年，如同坟墓需要死尸，

然后，就在我们心中盘踞，

构筑着那肃穆却过时的丰碑。

但是今天的人们，

仍然在用语言颂扬它，

在用身体触抚它，

同时，也在用语言遗忘它，

慢慢地，留下它荒野的面貌，
留下它墓地的青春。
当失去的光辉令人神伤，
并且不屑于实存之物，
它那令人瞩目的辉煌，
才会显露五彩斑斓的世界，
以及它与世界的沟通。
它应当死去，
在他乡，在异国，
留下一个明天给予飞翔的鸟雀！

墙

匈奴少年

他只和他的羊群在一起，
他也离不开他的马群，
他不是清教徒，将来也不是殉道者，
他在他的信仰中寻找着他的光明。
当我们重新拥有野性，
他的思想浓缩在头部，
在他的眼睛里，
一种民主制度的表象缩进别人的头颅与骨髓里。
他在前方游荡着，
但他总留恋着自己的身后，
留在别的平原与丛林里，
和谁也不曾言说的神秘而又充实的生命，
以及那生命的寓意。
当他早已习惯了一种漂泊的生活，
并脆弱地倒了下去，
又坚强地爬起的时候，
一边是忍受，一边是沉默，
始终如一的面具，悠长的音符，

日复一日地抬高了他的沉默，

直到成为黏土，

成为空旷草原上民族的幽魂。

凤凰祭祀文

如今，我们似乎已注定

脱离植物界完美而又宁静的冷漠，

脱离动物界敏捷而又伤感的现状；

似乎只有一种多媒介质的图像

映入我们的精神之中，

那虚幻的情愫，已变得苍白，

不再为生命动荡感到澎湃，

不再感到泯灭和虚幻。

不是为了自身的献祭仪式，

不是在这里，不是在这灵魂之上的肉体中

焚烧和毁灭。

可是，更多明确但不可理喻之物的形态

不停变形，

但不再拥有质感，真实的意义，

现实的意义。

它归咎于无止境，

在开始之前就已经终结了，

并排除了记忆的维度，

只占有那结束的部分。

那结束的部分，属于破土的幽兰的秘密，

但都被压抑着，被一种更伟大的力量

压抑着。

给予它的祝福，

注定停留在一种空间里，

停留在一种膨胀的疆域里，

不容置疑地取代了蓝色的海岸，

取代了山川的貌美，

取代了冰原的宽阔与冷峻。

不是这个风景，不是这个面孔，

不是明天，不是后天，

留下祝福，留下期望，

留下生命不可逆转的剩余，

在一个盲区内

叩拜。

无为但沧桑的人间万象，

凝缩成了一种人间之美，但却不会改变它的残余。

它自身幻化成了一种迹象，

可有可无，

充斥在条纹形的空间里，

充斥在忧郁光滑的空间里，

只有一种生存的计策，没有别的形式，

没有别的多余的状态，

没有未来的所有进化形式；

黑夜，在别的地方被重复

重复着明天与后天，重复着生活的变化，

没有限度，在黎明来临之前，

死亡，却不在现场，

但它却早已光彩夺目，

形成了万物悲怆却又是壮美的景象，

形成了残酷与暧昧，

混沌与秩序。

世界上的生灵们，真实，隐遁，

他们在哪里？

在这双重的生活里面吗？

更加期待着，

在一种塌缩的手势里，或是别的被掏空了的心灵里面，

并且奔向那光明，奔向那垂直的星座之上。

遗憾和消逝可是一种情结？

当我们向榕树致敬，

精神仪式的一切不可分割的形式，

处于另一个意志统治的时代里了吗？

但愿我们的愿望变得微不足道，

终止在这个美好的时代，

终止在这冷静、孤立、与世隔绝的世界里

终止在植物的世界里；

但这就是命运，是现实，

仍然属于它的，
饱含着凄楚，饱含着对于火的妄想症，
对于大地的强迫症。
难道他们不是出于自愿，
用死亡来孕育明天，
孕育星座，孕育天空吗？

曾经是黄昏的归宿，
它来自那自然的怀抱。
曾经掩盖着沙漠，
让那混沌持续着，
让那混浊的美感持续着。
神话被打破，
在永恒的视野之中，
不愿意失去的一切，
会突然失去吗？
会失去海鸟悲惨的呼叫吗？
会失去金字塔更多的空间吗？
在人类的立场上，
它的静穆是戒律，是星宿和动物们的守护神灵，
是星座，是那没有形象没有身躯的神灵的辅佐，
它们在一片清净的区域之内，
从一个牧场走向着另一个牧场。
在椭圆形的轨迹中，

它们运转自如，
在遥远的星空留下了
一个灵魂，和一张面孔，
给予我们一种寄宿在时代之下的青铜质感，
在我们的肌肤之上显现，
并且渐渐地进入我们自己的语言范畴，
进入我们未来的规划之中，
进入拉美西斯幻灭腐朽但生动的躯体之中。
感谢它，感谢大地的震动，
让我们神魂颠倒，
让我们用骨骼托起了明天。

真正靠近了他，
靠近了你，
我们为自然而生，也为自然而死。

那些无法取代的面貌，
无法靠近的媒介物质，
垂直地，植入地下，
攀爬着向上，向着那星空，
许诺。
也许需要用一种舞蹈，
一种巫术的方式，
令每一种生灵，

形成自己的历史，但它们的心都无动于衷。
我们没有历史的标本，
似乎只有一种境界，
你使命般的虚无，
注定站在一种无助的境界里，
孤独地树立和标榜着自身的使命，
以一种情感的模式，
形成有形之物。
但我们的命运仍然在消逝，
在软化，化为无形，
既不是生，也不是死，
犹如上天的戒律
重回人间。

火山荒原

动物们怅惘地翘望着地壳上的颤动，

它们不愿再回到南方，

但旧石器时代的喷发物，

覆盖了它们的栖息地，

那些青铜器具、化石骨骼与尘埃

形成了优雅的梦想效果

平直地启动了五千年前已封闭了的世界。

但是现在，阳光的平静，

最终会令它们目眩，

并成为温柔的悬念，

倒计时的魅力一再地占据和分割着抽象的空间。

亚特兰蒂斯不在深海中，

它早已被喷出，

如万物初期忧伤的光芒，

降落到别的新生的世界中去了，

也许是重新回到另一个地质时代中去了；

而另一边，却在昏厥，

引来了世界的崩溃，

引来了新物质的秩序，

引来了坠落的天体。
当夜晚成为被监视的对象，
当午夜也开始变得灼热，
另一个世界却代表着冰冷的记忆，
却没有被激活，
一座象牙塔也未在这个时代形成。
一种遗骸式的毁灭，
残酷，却又壮美无比。

火山荒原

加拉帕戈斯的春天

它以它远古的距离，以它远古生存的秘诀，
孕育着奇特物种的天性。
它以它岛屿的特性，
形成了另一个地理坐标，
形成了时间轨道与另一种漂移，
但它们仍在荒芜之中，仍在繁华之中，
在暖流与寒流之间，
死气沉沉，又焕发新生，
见证着后地质时代的变迁。

卡纳克

不要再受此诚命的诅咒，

稳固在那里，屹立在那里。

那诚命，古老，偏僻，

献给亡灵的神庙，

在荒漠里，日月照临，

在它们的天空下，

双手交叉着，紧抱着一颗恒星的姿势，

直到躺下，俯身于地下，

反复地出现，露脸。

因为完美的气候特征，

那里酝酿着因果的关系，

酝酿着彩色的面孔，

没有植物，没有太阳，

仿佛在火与土的合成物之间，

以很早时期的面孔出现，

象征着自己的完美。

现在，它却荒芜了，倾斜了，

在雕刻巨石的人身后出现，

梦幻般地成就了新的行星和新的恒星，

生成了新的苍穹。

而我们彼此的仰望是偶然的，

是难以逃脱的，在那受诅咒的天命之下。

组诗四首

一、我认识一种疾病

我认识一种疾病，
它寄宿在人的内心，
但那里爬满了蜘蛛，
且织满了漏斗式的网。
一座奇怪的房子在上面摇摇晃晃，
充满着滑翔般的感觉，
不知不觉就坠落了，
不知不觉被麻痹。
生命在那里膨胀着，
又似乎在有血色的地方
变得苍白，如那片苍白的海岸，
度过了死亡的期限。

二、水荒

不只是源头问题，
言语早已失去了作用，
仿佛世界的魔法就在眼前，
伤害了时间之外的节奏。
一个个魔咒，
失去了平衡的机制。
废墟盘踞在源头之处，
盘踞在广阔的平原之上，
在那寂静的乡村，在那喧闹的城市。

三、海啸

有的是美丽的影像，
有的是疲惫的身躯，
有的是被自我刮空了的灵魂，
最后只剩下一个扑火的人，
似乎充满了无限的生机，
警戒着他的黑夜，
警戒着黑水里面的力量。

一串串没有生命的数字，
延续着潮起潮落时候的秩序，
延续着海岸地带的时间观念，
但愿它还能团结起那写在脸上的
几何形式的眼眶。

四、彩虹

倒塌了，破碎了，
被入侵了，
光的弧度没有被再一次凝聚起来，
但黄昏似乎就要来临了，
且准备了岁月的信念，准备了独特的季节。
它的媒介却一闪即逝，
瞬间穿透了未曾探索的所有介质，
在那深邃旷远的地方，
只有一种短暂停留的色彩，
只有一种宽宏的虚静，
和那未曾听见的人类旋转的叹息。

安格诺沼泽

有一个腐朽的头颅，

搁浅在幽蓝的荒野，

而成为了永恒的元素之谜。

当我们感受着美好，

感受着来自黑暗的阿努比斯的束缚，

索贝克的仆人却吐出了一串串的生命，

献祭出那生命的波澜壮阔。

那里是一具人骸，在戈壁上，

而深险的四方，

有了地下王国的标记，

使我们未脱离困境。

那困境来自于庙宇，

它既不是建造物，也不是坟墓，

它是那种深沉的导向，

它是一种非人为的奇迹，

是一种路途的形式。

它透过石头之间的沟壑

穿行于平滑的墙垣之间，

预测着生存和死亡之间的距离，

审判着它所拥抱的赞美和葬礼的范围。

棕榈岛

它的情感是真实的，
这迷人的幻景还能持续多久？
渐渐丧失的本能，
是尘世的产物，
而它既不能喷发，
也不能蓄积，
它是一种既定的事实。
它的存在，
不只是空间中的一种事实，
维持着机器时代的空旷，
只露出一小段世界譬喻的形象。
但它已僵化，混着油脂的合成物，
混合着自然苍老的延续。
那自然没有历史，
但它在里面是过去，
是现在和未来的化身，
充满了绿色的泡沫。
它已不是一种绿色的呈现，
被催生促成，作为一种期待，

作为一种日用品，

一种威胁，一种虚妄，

进入机器时代，进入另一种生活，

突破了那成长中作为一颗种子的隐喻，

而被提炼了出来，

又被投进了焚烧炉。

倭河马的秘密

仿佛已失去了秘密，

没有复活，没有藏身之地，

在众人的窥视之下，

留下了一个血缘深处相连的缺口，

留下这棕色风情的尊贵的物种，

孤零零地等待着豢养，等待着混血儿的降临，

等待着被一个被动而又无知的生灵抚养，

等待着穿越它自己的迷茫。

此时，是在窥视之中，

庄严得像一个守护者，

卷起了无垠的同情和无垠的杀戮。

世事的信念逐渐在恢复，

恢复又死去，

渐渐地接近容忍，

走近了宽容的心态里。

一个猎人，收起了心，

似乎已经不再是野蛮吞噬，

迈着轻快脚步，跨进属于它的摇篮，

走向彼岸，

走向我们。

我们在它的身边，

在千万的数字之下，

渐渐地变成了遗产。

踟蹰中，

只有那么一条路，

等待着别人的关怀，等待着与世隔绝的新境界，

却不知为何感到羞赧，

临近森林那空旷的绝境。

卡西尼之歌

当我们心旷神怡，

从埃及之地开始，

标榜着星空的路径，标榜着对方尖碑的膜拜。

也许我们不再需要感到害怕，

不再善于安排过去式的空洞，

感受着有限和无穷。

可是，我们死了！

那来自懵懂的生命，

常常在觉醒之中，

在游荡之中，

带着各自朦胧的宇宙，

在一片明净的地区，

在无限寂寥的行星世界里，

结合。

它已不是一种古老而陈旧的呈现，

被催促着生成新的生命，

而是作为一种期待，

一种新的威胁，一种新时代的虚无，

突破了生物钟的隐喻，

突破了星空的遗愿，

在最活跃的地方，耸立起未来化身

和洁净的开端。

也许会让一只甲虫来审判这世界，

带着有形的翅膀，

彷徨于湮灭的人性之间。

让我们的世界更加谦逊一些吧，

使那另一个世界变成羽毛，变成颗粒，

变成消逝的介质。

这一次，也许，是从我们自己身体的内部

迸发了新旅程的极限，

攫取了新的慨叹和哀伤。

世界的象形图案

每一次都是沉重的，
无限连成了最广袤无边的时间形式，
但那却不是生命痕迹，
不是那狭窄的大海奔腾的形式。
威胁生命，粉碎生命，
孕育生命，滋润生命，又消灭生命。
那不是破裂开来的末日的场所，
而是现状，
是令人惊讶的物质，
凝聚了至今仍然存在的习惯和仪式，
近乎于祭神仪式的重复，
在那被突破恒常的下面，
是大地的意义，
是黑暗的魅力，
结成了无垠和渺小。

德洛斯岛的奇迹

为了一个女人的分娩，

它漂流着，

一种清澈的水，

携带着她的磨难，携带着她的愤怒，

携带着她的堕落，

携带着另一个人的背信弃义。

为了海洋的停滞不动，

为了让翠鸟生产小鸟，

一切平息了，

没有波涛，没有风雨，

让那毁灭的力量自圆其说吧！

两栖者

似乎是一种蜕皮的生物，
拥有一颗罕见而奇特的种子；
似乎是一种破茧而出的基因，
又似乎是一株冒充的枯树，
在未能知晓它的名字之前，
它却容纳着别的异乎寻常的激动的生命。
震动着，
绝望而未可知，
生出敬畏，生出平安而沉寂的本性，
神秘而又躁狂，
在地下萌生的寒冷里面，
是成熟的和被发明的音符。
流淌在它的里面的，
伴随着瓦解和分离，
伴随着一种凝滞了色泽的物质，
早已成就了它的静默，
成就了它的伟大召唤。
遥远，却就在我们眼前，在潜行着，
在俯视着，

靠近一颗暗淡的星。

当一具古老的躯体代表着终点，

蕴涵着千姿百态的柔和的形式，

当他们汇入一个相同的星系，

于是，他们的黄昏到来了，

逐渐悄无声息了，

即使内心充满着幸福，

即使前进的道路辉煌而璀璨。

两栖者

亚美尼亚的寂寥

在大地宽广的胸膛上，
深渊中独一无二的死者庄严肃穆。
她的孤寂如空旷的原野中的一条死路，
如大风之下的动荡和颓败。
可是，并不是要揭开她脸上谜一样的面纱，
不是结束一种命运，
不是统治世界的一个圣人，
不是为了摧毁饥饿的堡垒，
解开古老石头的心脏的秘密，
解救被囚禁的一只鸟。
在光彩飞扬中，在破败腐烂中，
在被埋葬的亚美尼亚的华美中，
那就是一切，注定是一切，
是最基本的组成部分。
在天蓝色的孤寂和流离之中，
独自成了坟墓的形状，
独自充满着膨胀的动力，
不用考虑约束生命之路。
呼啸的斜风，歪歪扭扭的地质王国，

和枝头上枯燥的黑夜的魔力，

以及光的力量。

那就是一切，

不局限于大地的引力，

不局限于宇宙所取得的深邃和广度，

以及那完美的阴影的质感，

绝不局限于太阳的光芒和耀斑。

骆驼的后世界

那些已失去自我描述的图形，
那些似乎是多余的人，
接受着水里的虫子的审判，
并使它们存在于感官之上，
零零散散，
早就被塑造成型。
当包藏着兽心的物种，变成了人类，
成为生物的怜悯之心
和忍受空虚的工具，
偎依着，反复无常，
接近温柔忍耐的反刍者们，
却没有人捡起它，
没有人再举起它，记起它的祖先本性。

一个冥夜 I

难道已成为最后的现状了？
坟墓的石板也已被掀开了？
在里面启用了一口深井，
深得像永恒的蓝本？
难道是他，过于完整地
敲开了夜晚的果实，
连鸟雀都不得飞翔？
悄然溜进去的恬静，
却不属于我们。
我们是外来者，
所有的过去重新变成了
剥夺你存在于此的权利。
可是，一个没有目标的时代，
从此变得栖栖遑遑。

一个冥夜 II

一个冥夜，

孩子填充了它的秘密。

像另一种幻景：沙漠，岩石；

像月亮质地的眼睛；

像几何形的地狱，

闪烁着它中性的心跳；

像透明的水晶般的未来世界；

像真实的纯净的符号；

像内心的舞蹈；

像一片宁静的钟乳石世界。

一个冥夜，

给阿克特翁带来了死亡；

一个冥夜，

给齐格弗里德带来了死亡。

阿尔的朗卢桥

阿尔的朗卢桥，

在冬日傍晚

余晖闪耀。

它的夕阳，被容纳进

一种向往的理解之中，

那里的乡间小路永恒而平静；

那儿轻烟缭绕，

麦地广阔，

黑鸦低低地飞行，

河流的绿色波纹如迷人的脸庞，

缓缓降落在苍茫的夜色里：

在农舍的窗框上，

在点点颤抖的灯火上，

在渔夫的脸上，

在扎干草垛的农妇的身影上，

在洗衣妇的拍打声中，

在播种者的手中。

乡村生活

乡村生活，
向往着五月。
宁静。
神秘。
清新。
死亡的自然。
温馨的教堂里的祈祷。
蟋蟀的舞台。
橡树的回忆。

囚徒之梦

苍白的天空下，
隔着那透明的半边门，
被监视。
围绕着石墙外面的现实，
高高的墙壁之内的脚步，
放风时刻锁定的节奏，
出入与运动，绕着圈子散步。
生活被铁栏和照明灯驯服、分配，
早晨或傍晚的时光，
在钢枪的范围，
频繁地绕着一个又一个圈。

一个饥饿的人，
一个孤独的人，
一个垂暮的死者，
继续着某种地狱般的生活。

风会在五点钟刮起。
随着一个个烟蒂的燃与灭，

落叶被风抛上树梢，

消失。

黑暗重新侵入睡眠，

无法打破的睡眠习惯。

完满的欲望

虚幻。被刺激。活跃。

十颗定时炸弹。一千吨的当量。

蚂蚁的穴口，黑压压的一大群蚂蚁。

一双孤立的眼睛难以满足。

橄榄球运动员的睡眠。舌头的适应。

难以飞跃的障碍物。

黑暗之中，午夜的凝缩，在疲软的钟表世界里，

在八米高的跳台上，

在象背上……

春天的柏林

从晨雾中惊醒的
一只手，
一只巨大的纪念碑式的手
指着一条光滑的水平面，
指着陆地与海洋，生命与死亡，
指着十字勋章的代价。
一位孤独的骑士在纪念碑的身后只剩下一团幽暗的身影。
某座城市，
依然在暮光之下，在旗帜之下，
被指挥。

一朵干枯的莲花，
在巨大之手的下面努力寻求着在干枯之后的意义，
如一只异形鸡蛋，
孤立地等待，等待着
一种神秘的关照，
一种未曾见过的尊贵，
一种神秘的开端与膨胀……

鱼的祭礼

神圣时刻，

庄严时刻，

一座圆形祭台，

超越了黑暗的时光，

在偌大的室内守侯着。

一只遍体鳞伤的海星竖立在烛台上，

渴望被点燃，被燃烧，

渴望被祭祀。

深远的天际，

两条黄鱼获得了宽慰。

那里，在幕布之后，在石块之后，

在巨大的影团之后，

一只眼睛亲切的问候，

感化了一个干涩的垂死魂灵，

并且带来了解救与寄托。

意大利广场

在巨大的窗户外，安静，诡秘，振奋人心。

一辆蒸汽机车长久地鸣响着，它要开往十五世纪。鸣响着，到达，出发。躁动着，怅惘着。

在红墙之外，两位老者无限感怀地交谈。举足与命运，神秘的死亡，缅怀慰藉的影子。

影团之外，是安德罗马克的微笑。

独处的雕像，孤独，沉思。在死亡之外问候。启示垂临。

黄昏

1

北方

灰蒙蒙的海岸，

灌满了风，

带来满屋的重金属味和煤气味儿。

孤独的小屋，宁静的一角；

风卷走了沙滩上最后一片树叶

在傍晚时分的经历；

烟雨迷蒙的灯塔

从十八世纪开始就陪伴着一群野马，

在那座独立的小岛上。

2

黄昏，沉重的夜幕

沉入水中，沉入黑暗的海底；

一位受伤母亲的心

被一个淹死的孩子的魂惊醒了，

沉入水中，

再也无法爬起。

一座庄园

一座庄园，显示了什么，
古老的土地显示了什么，
随着日落后的风景透出苍穹，
无限的阳光
召唤着另一半世界的光明。
一座庄园，
众多石头铺成的路，
一位苏格兰牧民结束了令他崩溃的城市生活，
享受着这里的日出与傍晚：
晚风的微寒与湿露，
鸟鸣虫叫，
一遍遍整理过的花圃，
橡树，葡萄园，
一条看家狗等待着黄昏落幕。
某种生活中的暗意识，
保持着它的刻薄与警惕，
孤独与烦躁。
晨曦的孤独与安静，
犹如蓄水池的春宵。

也许是因为世界的另一半
沉入了太多的花瓣与毒刺。
假如没有那些腼腆微笑的炮弹，
和那些实存的威胁，它是否会消亡得自然一些？
假如没有更多的温室气体，
没有更加耸人听闻的流言，
也许，在这庭院中的一棵老橡树
能够倾听和付出更多，
在这片安静的土地上。

生命罗盘

再一次，在生命的罗盘上，
我的头发，我的手，
我的脚，
失去了知觉；
一颗肉质的心失去了思想，
随着肌肉的蒸发，骨骼变成粉末，
再一次承担大理石、糟木头
所带来的残留的巨大的黑暗物质，
阻碍着血肉之躯的生命。
是否曾活过
香水百合开放的季节，
玫瑰凋谢的深秋
在指尖的粉末上。
唯一的意志，
是否还能记起十月夜晚的
宵禁？
一阵奇冷，
一阵难忍的悲痛，
与一阵腐烂的肉体气味。

手和脚，

深陷泥土，

深陷那些回归的泥土之中。

坚强也许是生活也许是死亡的宿命，

也许是自我陶醉，

在一块石碑之上，

在清潇的月光之上。

十月

十月，秋天的气味。

十月，卡西纳风景，热那亚风景的幻想。

十月，革命的夜晚。

十月，夜来香侵袭。

十月，被强迫，终生难忘。

十月，没有梦的预兆。

十月，与风共谋。

十月，局部溃烂。

十月，一次溺水事件和意外，潮湿的安慰。

十月，凝重的华丽，暗沉的斑斓。

十月，坏精灵的舞台。

十月，一件紫色睡袍带来梦中的惊险。

十月，红皮沙发的守候。

十月，水中仙女的舞姿。

十月，风暴中的岩石。

十月，有另一种美。

十月，一扇门无穷的秘密。

十月，终于裸露了出来。

十月，攀缘起青铜色的苔藓。

冬天的欧罗巴

告别了

十月最后一个终生难忘的傍晚，

告别了肉体带来的情绪，

想象着在某种气氛之下，

一束粉红的灯光

笼罩着整个十月中秋的景象，

摇摆着犹如一个醉汉，

耽于幻想，

迷恋着紫丁香的花事。

随着十二月的到来，

冬天的欧罗巴，一片日落景象。

你，

你是否会懂得宁静的伟大，

而不是一支旋转的拉丁舞；

没有停下，

一支交响乐团的演奏，

和一场被安排的鸡尾酒舞会。

十二月，

樱花在风雪之中开放，

一些热带植物含苞待放，

而不是蓄意抵抗着

寒荒毁灭之后的静穆。

那一天所发生的，

最终只会是一个被厌倦的安慰方式。

透过紫色的玻璃

赞美吧，

春季即将到来

不要安排一个刻意忘却的日子与一个不眠的夜晚。

冬天的欧罗巴

黑夜 I

黑夜，紫色的地点。

黑夜，红色的死亡。

黑夜，一个惊惧的灵魂跳跃着。

黑夜，燃烧的地点。

黑夜，燃烧的恐惧。

黑夜，美妙的安魂曲。

黑夜，在泥炭中出生或者死亡。

黑夜，浓缩。

黑夜，紫色情结。

黑夜 II

黑夜，风骤然刮起。

黑夜，僵硬、紧凑、纯粹。

黑夜，实在的虚空。

黑夜，一片梦想的颜色。

黑夜，紫杉幽静地呻吟。

黑夜，摇起岸边栅栏的旋涡。

黑夜，沉重的露水渐渐爬起，连同一只蚯蚓的旅行痕迹，静静地越过路基，越过方形的走廊。

黑夜，任何一种觅食的方法都贮藏其中。

黑夜，野兽们的正餐时间。

黑夜，街灯长明，一只蝙蝠正常的夜行生活，高空之中，星空之下，飞翔的真正含义，一段有节奏的旋律。

黑夜，纪念碑式的语言与心灵相通给予悲伤的希望。

黑夜，屠杀着一具真实肉体的形廓。

黑夜，给予庞培城寒冷，给予冰岛最后一次彻底的颤抖。

物质的胜利

静静地站在街边的角落，

看见了很多人，

看到了，

也许是一个民族，

也许是一个时代的生命体。

铁的仪器，骨体，僵硬地呈现在门口，

而门外的荒漠景色占据了设想中的空间，

只有一个静静地坐在那里取火的人，

忘却了一切。

那木头做成的尺子，

垂立的一只假手臂，

在穿梭的行程中是否感觉到了胜利？

纯朴的时代已经过去？

很多人得小心翼翼，得小心科摩多岛的存在。

那身体是谁的，最重要的部分，

最重要的意识，

是什么在奴役它？

结实的藤蔓爬过一座桥的断梁，

一只燕子是否能够唤醒沉睡中的灵魂？

当喧闹似乎要与一个鬼魂寒暄的时候，

忘记了一个孩子的舞蹈。

在他的身后，

忘记了飞过头顶的飞机的尖锐的喷气声响。

面对一个光影的沉浮，

我们能干什么别的事情吗？

朝别人微笑，朝每个人微笑吗？

倾听教堂的钟声？

那敲响十下、十一下的钟声？

那些行进在各条街道上的人，

他们将要去哪里，

那并不是你所能决定的，他们自己也不能。

为一种语言的美感而热衷向上，

那也不是他们要的理由。

一只崇高的脚迈上了台阶，

用包裹的布片继续与大地亲热。

没有一个灵魂真正静止，

在那些人身上，

被苦闷和赞叹压抑了这样久。

他们离开河流便忘记河流，

离开冷漠的国度便忘记这个国度，

而他们构想着，

迷恋着那些滚铁环的女孩，

以及长长的房子和某个车站的场景。

拇指

某天的一个上午，
一个不确定的时刻，
阳光照耀着，
在似乎无法去往另一个星球的道路上，
一只美洲鹦鹉显现其中。
那绿色的羽毛的呼唤，
只是适应的一种延伸，
既非生也非纯粹的死亡的动作，
显现着。
"那些闪耀的磷火，
幽灵般的紫色火焰，
在一片充满歌声的墓地，
被召唤，被吸引；
而一片接近深渊的泥土，
没有人能从那里逃脱，
因为一切从那里诞生。
一些活跃的血肉也不能逃脱，
即使你化成粉末也不能。"

蓝色之谜

空旷的晌午，
一开始，是一种迷失的死亡，
红蓝交织的死亡，
白色的死亡；
慢慢变紫变黑了，
在最后，变成了黑色的死亡。
童年的时候哭泣，
沉默，
想象着樟脑的气味；
一种致命的家庭气氛，
我不能说
生活带来的是什么，具体的特征，
生命本体的特征，
延伸到骨头里……
是谁创造了我，给了我这坚强的肉体，
在这一天，
开始和结束的时间里，
一面欢笑，一面哭泣，
欣慰或感到不安。

活跃的黑色的死亡气息，

压抑着

红色套装里的情绪。

亡者的服装，

在口袋里，一只松鼠小心翼翼地在攀爬。

一只黑色蚂蚁，

不只是停留。信仰，

在微风中，

在惊涛卷起的船上，

在岩石上，在风浪里，

伫立。

我们不会关心冬天开放的樱花，

重新落下的雪花，

穿着黑纱蒙着脸的斯佳丽。

一只灌满铅的铁球重新落下，

落在一座落满树叶的房顶上；

可是，谁又在乎谁丧命呢？

终于，头疼了起来，

在一个梦里，

在一个楼梯口旁边，

变成了一条鱼。

在打开的衣柜里，放着一只苹果、雨伞和紧身内衣。

一杯柠檬水，

贮藏了三年，腐烂了三年。

路

路，婉转，被包围，隐藏在绿色的丛林中。

路，一张温柔的脸，紫蓝色的晕。

路，一个纯粹的春日，富于光泽的悲叹。

路，微微释放着寒夜的冷噤。

路，流放的狗的孤独与实在。

路，记忆的尤物，独立而沉默。归于意识的范畴类似欲望的符号，希望的符号。

路，褐色覆盖着，扭曲，形成气势。

路，承受着男人们的尸体，承受着女人们的尸体。

路，整个夏天已经变黄了。

流浪者

　　一个流浪者，亲缘关系破裂。飘浮于一座铁岛上。他自身形成的物质形式：

　　一台收音机、暗红的晚霞、紫色丝巾手帕。

　　在一座铁岛上吸收太阳的磁波、大海的暖流。

　　在一根桅杆上踯躅，接受了小重音的张力。

　　在镶着黄昏的天边，一个内心敞明的生命体，置身于黑色的陷阱当中……

十月

十月，凝聚着安息香。

十月，忍受着鬼天气。

十月，欢叫着，像鸟一样纯净。

十月，向后凝视。

十月，丧失住宅。

十月，越陷越深。

十月，最后一次告别母亲的温柔的怀抱。

十月，湿淋淋，空洞且漫长，像一个无聊又短暂的夜晚。

十月，结束童年的最后一次赛跑。

十月，精致的内容；喘息，壮丽。

十月，强壮的第三小时。

十月，生存的季节。

十月，一个回归者，悲悼的个体。

十月，风尘仆仆与诗人的心灵相伴。

十一月

十一月，一个魅影的衰颓。

十一月，现形，回首往事。

十一月，悄悄在暗处俯视。

十一月，被牵连，被玷污，被劫持。

十一月，遭到毁灭。

十一月，彼岸的夜晚。

十一月，在月光中战栗。

十一月，被缚的黄铜时代。

十一月，尘世的遗骸。

十一月，期待地质时代……

玫瑰

秋天的午后，

六点，

日冕迎来了最后一片紫色的气氛。

首先吐出的是石头，

布满星斗。

金色的丰收季节，

在天边的河海尽头，

孵化着夜晚、薄雾和热气，

随后是山脉、田地和平原，

还有海洋。

凌晨，

尖塔上的影子武士，

穿过一座铜像式的拱门，

弥漫着烟雾的烧焦味儿。

另一个神秘的地下世界，

从一列出发的火车上传出。

可是，黎明来临，

老鼠卷走了最后一阵磨牙声。

临近献身于黑土地的忒修斯之船的船员，

心中藏着一场风暴，
从那个岛国，
传来了歌声：
有一朵玫瑰，
在唯一的一个黑夜里开放。

玫瑰

挽歌

挽词：“愿盖在你身上的泥土轻盈！”

一

蔬菜里有死神，
鱼虾里有死神，
瓜果里有死神……
蠢蠢的河马沉没得非常成功。
你我都不是真正的猎人。
你没有这样的条件，
在这儿，你无法阻挡它形成。

“亲爱的，
请不要再孤零零地欢叫，
独自一个人。”
活下去，那是你的本质。
躯体是神圣的。
在那里，
我待不了十年；
瞧那一对，
不到两年的时间就死了，

挽
歌

只留下一个枕头，两件破烂的棉衫，
和一张空床。

二

一句话，
也许可以伪装，
或者应该烧掉。
也许是最后的一种形式，
或者是粉末的凝视；
也许是一种迷人的形式：
红蓝交织，
妩媚动人，
身材修长，
犹如一线蓝天。
也许是另一个乐园，
在喉结处带着另一个声音；
或许是重新拥有的另一种色彩，
可是，在这丰收而又贫乏的花园，
永远没有成熟的季节，
甚至等待的机会也没有。

三

经历一枝花的凋谢过程，
企盼着，朝里面张望，

即使枝干已经变得弯曲，

含着刺，

带着缺口，

催人沉睡，

我们依然会从这里进入，

而不是留下来；

也许应该留下来，

尝试更加丰富的内容，

有别于无花果树的命运。

即使没有祖先的坟墓，

没有柏树，没有和谐的帐幕，

我们也应当回避与憧憬。

从那里吹出来的冷风，

穿行于燃烧的血管之中。

在那一个纯粹的时间点上，

在最后约定的地点，

我们仍然需要努力保持着向往。

挽
歌

在那风中

在那风中，

站立，象征着少女美妙的梦，

预示着暴风雨。

在你的凝视之中，

静穆站立的姿势之中，

在你迎风飘拂的长发之中，

透出一种强烈的情绪，

震撼了一个观者，被惊醒而由此吟唱。

那些凌空翻滚的风，

总是想要抱住，或者摇撼，

也许是一片湖，

也许是一株月桂的纤影，

也许是橄榄枝的魂灵；

在广阔无垠的大地上，

整个山川和灰色的天空，

河神隐藏起他的面容，

在那万丈深渊下面，

隐蔽的守护神们，

隔着幽冥的谷地，

陷入夕阳下的黄昏景色之中；
再一次抬起你的头，从你的凝视之中，
那未曾显现的永不平息的暴风雨，
正在等待着一场预示伟大的战争。

在那风中

蒲公英

哦，蒲公英，
难道连我的命运也都预示了？
难道你的喜怒也已攀附着这片花地的衰与荣？
在这片黑色的土地上，
我竟使自己陷于覆灭的危险境地。
在那无限空阔的领地，
我将看见我的坟墓。
行于英雄的峡谷领地，
我周身冷却凝固，
遭受血液灌溉。
那人间四月的歌声，
已如神迹显现。

森林会腐朽倒下，
河床会干涸，
叶子会枯萎，
花朵会衰败。
那一只夜莺在枝头有停留与离去的时间，
还有那因哀痛而悲鸣的河流，

该怎样倾泻？

那套在它们身上的命运枷锁啊

该经受怎样的风暴……

在那些遭受了火灾的房子后面，

马背上的冷光，

刀剑的铿锵与暗影，

蛇的草地，

无船的海，

整个夜晚都在飘荡。

在那些棘蔓与岩石之间，

强烈期盼着会有一个公义的形象诞生。

在苦难中

离开了这里的家，

漂泊着。

那可是我的生存与死亡方式？

未来持续着暴风雨，

把最苦难的时期，

注入根部。

果实最坚强的部分，

徘徊着，

升腾起轻烟，

有别于另一种光荣的仪式。

失忆的斗士

我要问，这是什么地方，
周围的一切似乎没有变得更暗。
凭着这双眼睛去观察，
触及本能。
我在这里，
这是什么地方？
怎么会来到这里？
这可是食人的荒岛？
一片干旱而又多风沙的戈壁？
在这仓库似的牢笼里面，
我待了多久时间？
醒来的时刻，
那星空中我们的生辰天宫图像，
天王星与海王星可是在同一个水平位置？
我的幸运值，
在此刻醒了过来，
连接着双鱼座，
属于菊科的一种——
款冬蒲公英，

八世纪的诞辰。

适应着，
任何一处陌生而变得熟悉的环境，
从眼睛里面一闪而过，
有别于摩索拉斯的辉煌，
石头的另一样坚硬的结构；
唯一的出口，那一扇门，
那把锁，
窒息的空间，
指示上下的电梯垂死一般躺着，
红色的按钮闪动得十分艰难；
水龙头，
爆裂的气罐，
有可能都是牺牲品。
假如这些会变得更加坚不可摧，
我知道，
我们在这里只有等死。

"……"
"我是谁？"
这里不只有我一个人。
他开始呕吐
"我醒来的时候你在扇我耳光。"

"我不知道怎么会在这里。"

"我不知道是怎么来这里的。"

一座监狱一样的城堡,

石块、混凝土、钢筋,

把我们围困。

门、红色油桶、废弃的发动机,

过往的列车的鸣响,

屋顶上的摄像机,

响了两遍的电话铃声和一只密码箱,

你可知道这些是什么信号?

"那一块来自泰坦星的石头,

是否会就此埋葬我们的肉体?"

我们之中,

你知道她是一个女人,

你知道我们准备着一种冲动,

而且还要有手段,

在我们之间就得为此而斗争,

永远斗争。

斗争吧,战斗吧。

这就是生活。我们都知道这一点。

从门缝里我们知道,

一个保安，死于凌晨四点。
我们的处境，正在受到某种威胁，
甚至令人很失望很恼怒。
这里有一个病人需要抢救，
他需要氧气瓶，
需要氯霉素注射液，
他只是昏迷了一阵，
或许我们不必为此惊慌失措。
一个植物人，
一个精神病人，
一个痴呆的老年人，
可是他们都清醒着，
死亡给了他们更加逼真的生活；
而我们都不知道该怎样去生活，
虽然我们受着种种威胁。
也许，我们终究得为此而活着吧。

"谁是寇斯？"
"谁是迈克恩？"
"他的手上沾满了血。"
"我们得从这里出去！"

这里是几代人的农庄。
我有橘子树。

"我是寇斯！"

我想起来了。

那时我七岁，你九岁。

有一天，我们和朋友都去了湖边，

爸爸叫我们不要去，

还说那里水深危险，

而且天就快要下雨了。

爸爸的话把我们吓坏了。

在船上，

一个大浪就把小船掀翻了，

我随即沉了下去，

分不清方向了。

是妈妈把我捞了上来。

你可还记得这些？

当时，你叫我抓紧船尾，

说不要放弃，还有希望。

我在水里拼命地哭。

然后你大笑，骂我是个大笨蛋。

一个男孩

离开了，和他的父亲，

开着拖车，

离开了那个农庄。

这个农庄，几年前建立的。

他们白手起家，

现在被丢弃焚毁了。

可是她去了哪里？

有人说，

她已经走了，

去了相反的方向，

那儿是一个空气新鲜的地方。

"你应该去看看那里的日落！"

我们不知道你是谁，

可是我已经不在乎。

"你也不在乎？"

在此之前，

在此之后，

我们是谁已经不重要了！

谁？

那是谁？

她是海伦。

正如遇见了贝亚德的那位先生，

实实在在的贝亚德站在他面前，

他却认不出来。

她就是海伦，

以前她很漂亮，

可是现在她做了胰岛素测试。

外面是谁的狗，
在那里待了一个星期了，
不吃不喝的？
你我永远也离不开这座小岛了。
在晴朗的日子里蝎子喜欢待在石块的缝隙里，
在雨天它可能会在户外游走。
它的尾巴，
很像一条珍珠线，
可是有一根毒刺蛰伏着。
我们熟悉并掌握蝎子的生活。
可是我们到底是谁……

春天的夜晚已变得太冷。

亲爱的姑娘请聆听我的歌吧：
虽然我的心在哭泣，
虽然我的心在哭泣，
但你看不到一滴泪，
也听不到悲号，
因为你已远去！
有一天我的手会擦去眼中的泪水，
只有时间才能让我遗忘。

我给了你我的心。

我所有的一切。

可是你只带给我灵魂的伤痛。

…………

那在我心中预存着的十五点钟的死亡，

在那里发源成长。

十五点钟。虚空。

失忆的斗士

假缪斯

你有自己的形状，
接受的不是第二者的安排。
在现实的语境之中，
你保持着自己的微笑，
悲哀和哭泣。
无边的平顶筒型帽子，
紧身连衣裙，
大纽扣的紧身短衫，
朴素无华的大衣，
不用去怀疑，
这些东西是物质的，
它们都会腐烂。
你的生存方式就是睡眠。
在那里，
生命的逻辑界限
仍在转舵。

克罗诺斯，他做得是否正确？
可是，窗帘已经拉上了，
并不仅仅只是少了那玩意儿。

在婴儿时期，是否曾经更加明显地增添了焦虑？

可是，那玩意儿，

随便往哪里一扔，

都能够繁殖。

在天空，在草原，在山谷，

尤其在大海里显得更加充满活力。

在泡沫里诞生的肉体更加吸引人。

我也确实漂亮

但还得与普拉达搭配，

这是时尚话。

经历了那次巨痛之后，

我不再惧怕血，

但歇斯底里的我患上了晕血症；

一种可悲的命运，

一种体虚引起的便秘，

我是否会被苹果毒死？

我可不喜欢那别具一格的死亡方式。

自那以后，

我的衣裙比我的语言更具个性。

它们仅仅只是些线条，

基本形式的线条，

朴素，但令我讨厌。

假缪斯

服装是我，我就是服装，
我需要显示苗条的身段，
需要一种超脱的时尚，
在狗仔队面前能够引起注意，
这是我的疯狂，我的庸俗，
我承认。
"狗仔队！狗仔队！我爱你！"
这是我的形式，
口红里一片黑暗，
你看得出来——
以前我穿着白色连衣裙，
站在微风中，
观看暮色沉落，变暗又变明，
但那已经被人偷窥了。
我只要我的线条，
像波浪一样流畅的线条。

有一阵子，
守在隔壁的大夫，
守在迷雾里的大夫，
守在桥头上的大夫，
日日夜夜地窥视。
他戴着奇大的眼镜，
蓄着胡子，

假
缪
斯

胸口上常常别着一束玫瑰，

有时夹着报纸，

可那是做做样子；

守在迷雾里的大夫，

等待三点钟的火车，

可是现在得不到他的音信了。

他是真的在等候列车的到来吗？

那么，

你来抓我吧，

来抓我吧！

但别得意，

我永远不属于你的真理，

然而，我会极力做到安慰的样子。

那么，你走吧，

走吧。

那么，

再见，先生。

我承认我曾经去过一条可疑的大街，

但那是在我们关系破裂的时候。

我去过一条可疑的大街，

我必须冒一次险，

到处是可疑的影子，

可怕的影子，

整条街都是。

有一个弯曲的影子摇晃在街的尽头。

汽车里，旅馆里，

阴暗的角落里，

你已身陷其中，

即使不是主动到达那里，

你得明白，你已经身陷其中了。

我能够明白受到伤害的原因和结果，

一个人得到了幸福，

而另一个人就会变得不幸。

在那里，

不只是光，

不那么容易消逝，被抹去，

甚至刻骨铭心。

但是，即使是水灾也不坏，

我越来越清楚，

忧伤在它身上闪闪烁烁。

那是光，

是虚无，

是波涛中闪烁的余光。

经过那条可疑的大街之后，

我得花一些工夫在脸上，

眉毛上，嘴唇上；
然后出去骑马，打网球，滑雪，
参加跑步比赛，
虽然有时汗流浃背，
受到歧视，但大多时候受到礼待。
我不希望自己变成一件脱离形象的衬衫，
独自照着镜子，
如那一朵孤独的水仙。
我知道我没有别的途径，
但是我实在不愿意承受默默被欣赏，
被对待。
你知道，我并不是一件衬衫。

在这种年龄，
我毕竟也害怕原子，
我也不想谈到死亡；
我爱秋天，
我爱在愤怒的海边漫步，
观赏愤怒的波涛。
我爱我的母亲。
在这种年龄，
我有权微笑，
面带微笑走过任何一条街道。

假缪斯

十月的启示

我们来自遥远的地方。
我必须赶快离开这儿。

1

第一次，夜来香的花香蔓延着，
用一种眼神品尝着
这夜晚的芳香，
让孤独，告别了最后的安慰方式。
因为此时，
只有我们可以触及童年，
披上了真实外形的大衣。
那童年的精密面具，
是否会惊恐地一瞥，
或尖叫，
越过一只夜莺创建的恐怖地点……
且让我们走近湖边，
坐在一条长椅上，
仿佛受到鸡尾酒会上
小提琴降低的音调的嘲弄，

默默地，

让肖邦的灵魂摩擦我们。

在这个夜晚，

你强烈的香水味，

捕捉着，

只在几个成熟男人之间进行的圆舞曲。

慢慢成长的光束，

虚空的光束，扑克牌游戏，

你不稀罕，

在那里，那个时候，

虽然只有你梳理着自己的长发，

可是，这个夜晚是你安排的。

伴随着夜来香的暗香，

我，第一次走进了这夜晚带来的肃穆。

十月。一个黄昏。

在一个足以制造玫瑰气氛的湖边，

让一只夜莺

歌唱爱者与被爱者吧。

同时，一只勇敢的枭鸟

急急地掠过湖边的长条铁链栏杆。

在这里，

有两个孩子受到惊吓，

有别于苍白的鬼神世界里的恐怖，
直到一切完成，
摆脱了亡魂的黑夜，
阴凄可怕的梦魇。
本来，正午时分，
这里乌云密布，
只有一个声音，
遗言一般地呼唤着：
活着属于别人，
死亡属于自己，
只在冰凉的石棺中为自己而活。
然后，一句话，
"你中了邪"，
便打破了所有的遗憾，
与那座纪念碑的谜题。
可是，今天会留下什么？
是昨天的街道？
是一个成长中的幻影？

让我们打开童年的话题吧，
那属于过去的被安排的命定，
属于过去也属于未来的命运，
随时准备着在意识领域里
准备另一种爱的歌唱。

你知道那歌唱对我的意义，
所以你让我先说。
也许我的话单调，你不爱听。
你只需轻轻转过身子，
让你的脸朝着湖面，
我能够想到。
想象着你我的各种可能，或许是鸿沟，
或许是前所未有的和谐……

在遥远的神山上，
一位英俊的少年
正享受着美好的时光。
被大鹰劫持的那位少年，
斟着酒，
穿梭在葡萄的藤蔓之间，
天庭的石柱之间。
正午时光，浸润着太阳的温度；
夜晚，
受着贞洁的月神清新的沐浴。
在风雪天气，
我依偎在妈妈的怀里，
读着白雪公主与七个小矮人。
可是，那个时候，
我不知道谁是猎人，

只知道有一位狠毒的皇后——
在另一个黑暗的时间点，
我们是否曾经重逢过？
在尼罗河的峡谷
是否有过一阵婴孩的哭泣？
被丢弃的婴孩的哭泣？
那些爱者与被爱者，
那些持枪的爱者，
他们隐藏在什么地方……
黄狗星，
光年，
犹如一阵金雨，
穿行于诸神的宝座之间。
天神啊，
让那些求爱者的声音，
成为自然的呼唤吧。

我哀叹那不幸的风信子，
那诞生的第一个夜晚，
给予我们呐喊的本性。
随着第二天的继续，时间带来眷恋，
那些爱者的欢笑熄灭了，
那些存在之物，
树木，房屋，所立之地的虚幻气流，

注入了这一个夜晚，

一具具缄默而又躁动的凡人之中，

和不可言说的希望之中。

在这唯一的花园里的散步，

竭尽全力。

那些来自湖底的声音，

即使没有我们的同伴，

某种黑夜的气息，

也仍然传递着

吸血鬼带给这座城市的战栗。

会有一个安息的空间？

使得各种哭喊或悲泣

有一个被保护的场所？

即使在那里只有一束百合的花期，

仅仅一次，在一个夜里开放，

它们仍然有她不可言说的希望，

或希望留下最后的证据。

哦，我要歌唱诸位天神，

他们把那光芒赐予花卉，

让它们全都进入更加光耀的花期吧⋯⋯

这时，你说，

你遭遇了一次阴雨连绵的天气，

曾经一直试图努力摆脱粗鲁的北风。

一只风中呜呜叫的猫，

浅滩上一只狗的尸体，

一只布满斑点的洋娃娃，

一个患了结核的丑角，

某个透明的玻璃球，

你说，那些东西都把你吓坏了。

在这更加晦暗的夜晚，

在冷冷的街道与深得发紫的湖边上，

你说好冷……

真的，好冷。

可是我敢吗？

抓紧你的手，

我害怕在另一分钟里，

你会说，

在这里我们因为走错了路

而看不到那里美妙的日落……

2

在河流与岩石之间会有属于我们的一小片果园吗？

在急流多于清泉的急转之处，

奏着某支序曲，

帷幕拉开。

你拥有浪漫、美德、生存的手段，

被承诺要回到那一个金色的黄昏，

那个乡村，那片安静的原野，

五月的天气。

可是，

"我该成为什么？"

我们应该陷于更多的沉默吗？

那微笑是什么意思？

那神秘的渴慕的笛音有什么意义？

那眼睛从哪儿得到它幸福的光辉？

这里天空的余晖呢？

难道天空只由于这双眼睛的反照而发光？

有一天，在那无名的御花园里散步，

亲切地调侃，抚爱，

心里充满了热烈的憧憬……

你说："那些时间里你都干什么去了？"

面对这突降而温暖的关怀，

我对你说：

"我们是否会走过所有的时间？"

你回答了我的话，

说："亲爱的，你就把她当作一个梦吧。"

"谁将带来结局？"

"命中注定？"

普通的爱者啊，我们永远无能为力，
不知所措吗？

我以为你知道一个花期里花的成长和凋谢的过程，
而不是担心花的腐烂、背叛，
或者独自一个人去享受喝茶的时间，
或者歌唱，
独自观赏镜子里的影像。
现在，
八点钟，
你要走了。
傍晚的时候我们才离开吹风机，
在感受你皮肤带来的真实感之后，
在脱离幻想之后，
我不知道你的目的与动机。
可是，我不知道，
明天，你还会不会再来。
你要的烤鸡我会买回来……
有一次，什么也没有，
在黑暗中，独自一个人，
虽然你在身边，
可是，
我仍怀念着那些过冬的老鼠，
曾经被海浪淹死的狗和水手，

曾经血淋淋的雨伞，

一匹断气的鹿，

一匹奔跑的狮子。

当我怀念着一只怀孕的老鼠的时候，

我害怕失去自己的世界，

你存在的世界，

害怕忘了你。

那束香水百合，

我放在你窗前的阳台上，

还有我写给你的一封信，

可是你没有发现它们。

我告诉自己，你已经看过了，

我以为你已经懂得，

懂得一只老鼠死去的世界里的时间。

虽然我们还没有成为朋友，

而我也无法表达，

那预期的不可知的战斗时间。

我以为你给我看的世界，

会有一次超越，

属于你我的一次非凡的超越。

在那脆弱而又坚强的核心，

我受宠若惊，

我知道你拥有的自由，

可是我没有选择的机会。

这使我回忆起那些难忘的十月，

洪水过后的十月。

向往着，

去年寒冬里开放的樱花，

出乎意料的温室气体。

可是，

生活终究是一场噩梦吗？

一切都是短暂的？

可是我却触摸不到，

像过去的每一天的情况，

黄昏、早晨或是下午，那被剥夺的一秒的永恒。

是否还会有一个拥抱，

一个吻，

一次有纪念意义的闲聊，

或者散步，

可是，

那未曾谋面的风暴，未曾经历的飓风啊，

是否会凝聚在最后的时刻？

我们还能否重新谈起那一对白色的情侣？

…………

在这个愿意给出温柔的现实中，

你知道所有人的结果都是一样的，

所有人的结局，

归于死亡，归于尘土，

谁也逃脱不了。

可是去年，

我的外公，他老人家去世了。

这就是生活！

我得为此哀悼。

也许是一天，也许是一个月。

说到底，我们永远不够自由，

纪念塔一样的永恒形式，

仅仅限于一片废墟上建立起来的石头。

你说：

"在这里待得太久，

我已经厌倦，

我也很后悔……"

"你这是在说我吗？"

我不曾亲眼看见，

那是你的，你的生命，

难道要我揭示你生命里的全部内容吗？

也许你比我更需要安慰，

可是你不愿进入那些未知的真理之中。

你不愿让人知道真相，

在一块织布上面的真相，

谁会注意，

谁会在乎，

然后你啾啾地叫唤，呜哗……

那么，

让我们听一首轻音乐吧，

或者一首爵士乐……

也许还有时间，

一句话，

我是否真的害怕，离别带来的情绪……

3

终于，我非常害怕地走上那条道路，

走近了那片曾经熟悉的湖面，

也许是欣喜，

也许是悲伤。

那无法选择的世界里，

不管做何种选择，

那命定的惩罚一直悬在我们的头顶上；

也许鼓起勇气，我还可以走上一次，两次。

不管你有多怨恨，

请不要拒绝这最后的道别。

那死于风暴中的同伴，

那燃着火焰的车轮，

伊克西翁在永远不停运转的车轮上……

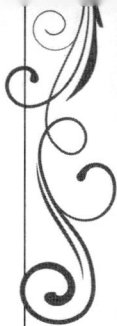

这可是最后一次，
把你我都带走吧。
清醒的时侯，我有勇气走过
他们闪光的墓地，安息之所。
走过那些昏暗的墓地。

我们将以开花为荣。
我们将穿越一片黑暗的开阔地带，
到达那闪耀的树林。
一切都被紫光包围着。
在那里，
他们的灵魂，将重新获得肉体，
英雄的晚年，激动而平静，
额头上飘着雪白的带子……
哦，那位最可敬的天使，
这一切是否真的会把我们带走，
那赋予我的使命会一直闪烁它的光芒吗？
那一条运载的河流，
是否仍然在人们中间？
那赋予我使命与希望的，
是那一件抛光的铠甲
正闪耀着它的恒久威力？

那奇异的思念，

我试图运行它，

把你寄托在恒星闪耀的夜晚。

寄托在那明媚的皎洁明月之中，

寄托在那日冕沉淀得更久远的光圈之上，

寄托在扬起的白帆之上。

女神啊，我该如何诉说

那完美的形象？

钥匙，燃烧的钥匙，

烟斗，双筒望远镜，鸡蛋；

燃烧的鸡蛋；

旋转的纺锤，哀告口渴的乌鸦；

孤单的山峰；

摇晃的树木；

低低传来的歌声与咆哮……

会比任何一个时刻都更加光辉灿烂吗？

《失忆的斗士》《假缪斯》《十月的启示》

——为一位女郎而作

垂直的喀布尔

一本图册，早已失去了它宁静的手谕，
失去了显赫但纯净的地区，
看不见硝烟，
听不见炮火的轰鸣；
可是，难道真的没有人知道，
它纵向的焦虑，它的不安，它的动荡吗？
难道它的处境只是一种震动，
只是一种悬挂起来的仰望吗？
一个似乎是行善的地区，
却浑身是血。
干燥，风沙弥漫，
有庆祝，有典礼，也有祭坛，
仿佛处处人烟，生机勃勃。